P9-DCE-714

CHARLENE SANDS

Una prueba de amor

HARLEQUIN™

Tualatin Public Library
18878 SW Martinazzi Avenue
Tualatin, OR 97062-7092
Member of Washington County Cooperative Library Services

Cualquier forma de reproducción, distribución, comunicación pública o
transformación de esta obra solo puede ser realizada con la autorización
de sus titulares, salvo excepción prevista por la ley.
Diríjase a CEDRO si necesita reproducir algún fragmento de esta obra.
www.conlicencia.com - Tels.: 91 702 19 70 / 93 272 04 47

Editado por Harlequin Ibérica.
Una división de HarperCollins Ibérica, S.A.
Núñez de Balboa, 56
28001 Madrid

© 2015 Charlene Swink
© 2018 Harlequin Ibérica, una división de HarperCollins Ibérica, S.A.
Una prueba de amor, n.º 159 - 15.11.18
Título original: The Billionaire's Daddy Test
Publicada originalmente por Harlequin Enterprises, Ltd.

Todos los derechos están reservados incluidos los de reproducción, total
o parcial. Esta edición ha sido publicada con autorización de Harlequin
Books S.A.
Esta es una obra de ficción. Nombres, caracteres, lugares, y situaciones
son producto de la imaginación del autor o son utilizados ficticiamente,
y cualquier parecido con personas, vivas o muertas, establecimientos
de negocios (comerciales), hechos o situaciones son pura coincidencia.
® Harlequin, Harlequin Deseo y logotipo Harlequin son marcas
registradas por Harlequin Enterprises Limited.
® y ™ son marcas registradas por Harlequin Enterprises Limited y sus
filiales, utilizadas con licencia. Las marcas que lleven ® están
registradas en la Oficina Española de Patentes y Marcas y en otros
países.
Imagen de cubierta utilizada con permiso de Harlequin Enterprises
Limited. Todos los derechos están reservados.

I.S.B.N.: 978-84-9188-729-4
Depósito legal: M-29194-2018
Impresión en CPI (Barcelona)
Fecha impresion para Argentina: 14.5.19
Distribuidor exclusivo para España: LOGISTA
Distribuidor para México: Distibuidora Intermex, S.A. de C.V.
Distribuidores para Argentina: Interior, DGP, S.A. Alvarado 2118.
Cap. Fed./Buenos Aires y Gran Buenos Aires, VACCARO HNOS.

mientras le ponía la mano en el pie–. Aprieta con fuerza y aguanta un segundo. Vuelvo ahora mismo.

–Gra… Gracias…

Se apretó el pie y empezó a sentirse mejor. Miró a Adam mientras se alejaba corriendo. Su rescatador era igual de atractivo por detrás, tenía las piernas bronceadas, un trasero perfecto y una espalda poderosa.

Volvió al cabo de unos segundos con una toalla.

–Bueno, voy a vendarlo –comentó él mientras se arrodillaba–. Así debería dejar de sangrar.

Una ola rompió en la orilla y el agua le mojó los muslos. Adam se dio cuenta y le miró las piernas a través de unas pestañas increíblemente largas. Una calidez se adueñó de ella, que llevaba unos pantalones cortos blancos y una camiseta de tirantes color turquesa. Quería parecer una bañista como otra cualquiera que daba un paseo por la orilla cuando la verdad era que había pasado más de media hora pensando qué iba a ponerse esa mañana.

En ese momento, Adam Chase estaba tocándola con mucho cuidado. Tenía la cabeza inclinada, algunos mechones le caían por encima de la frente y se afanaba como si fuese algo que hiciera todos los días. No le quedó más remedio que admirarlo.

–Parece que sabes lo que haces.

–Es lo que pasa cuando has sido socorrista.

Adam la miró con una sonrisa que le permitió ver unos dientes blanquísimos y que le levantó un poco el ánimo.

–Me llamo Adam.

–Y yo, Mia.

–Encantado de conocerte, Mia.

–Lo mismo digo.

Cuando terminó, el pie estaba vendado, pero le colgaba mucha tela sobrante. No podría andar con un mínimo de dignidad. El torniquete improvisado era feo y engorroso, pero daba resultado y el pie no sangraba.

–¿Vives cerca? –le preguntó él.

–No… Iba a dar un paseo por la playa… Mis cosas están como a kilómetro y medio –contestó ella señalando hacia el norte–. Por allí.

Adam se sentó en los talones y la miró frotándose la nuca.

–Deberían limpiártelo y vendártelo bien. Es un corte considerable.

El agua volvió a mojarle las piernas y Adam le miró el pie vendado con el ceño fruncido.

–¡Ay! –exclamó ella cuando intentó levantarse.

Se mordió el labio inferior para no gritar nada más y volvió a sentarse en la arena.

–Ya sé que acabamos de conocernos, pero vivo ahí –Adam señaló hacia la mansión moderna más grande de la playa–. Te prometo que no soy un asesino en serie ni nada de eso, pero tengo desinfectantes y vendas y puedo hacerte una cura.

Mia miró alrededor. No había nadie en la playa. ¿Acaso no era eso lo que había querido? ¿No había querido tener la oportunidad de conocer a Adam Chase? Sabía perfectamente que no era un asesino en serie. También sabía que era muy celoso de su intimidad, que no salía mucho y, sobre todo, que era el padre de Rose. El porvenir de Rose dependía de ello.

–Supongo que es una buena idea…

Nadie sabía dónde estaba en ese momento. Rose estaba con su bisabuela. Ese hombre inmenso la tomó en brazos y ella contuvo la respiración. El pulso se le aceleró cuando la apoyó en el pecho y empezó a alejarse de la orilla. Instintivamente, le rodeó el cuello con los brazos.

–¿Estás cómoda? –le preguntó él con una sonrisa cautelosa.

Ella, muda, asintió con la cabeza y lo miró a los ojos. Eran grises con manchas aceradas y unas sombras tan conmovedoras y misteriosas como un pozo. No se sentía incómoda en sus brazos, aunque eran unos completos desconocidos.

–Perfecto. No se me ocurría una manera más rápida de llevarte a casa.

–Gracias…

Él no dijo nada y mantuvo la mirada al frente. Ella se relajó un poco hasta que el pie empezó a palpitarle de dolor. Tuvo que contener un grito cuando unas gotas de sangre cayeron de la toalla.

–¿Te duele? –le preguntó Adam.

–Sí, esto es… espantoso.

Menuda manera de conocer a un hombre, fuera Adam Chase o no. Dentro de nada, le dejaría un reguero de sangre por toda su maravillosa casa.

–¿Espantoso…?

Pareció ofendido, pero ella no estaba quejándose de que la hubiese tomado en brazos como un cavernícola, eso había sido… increíble. Sencillamente, se sentía como un animal herido e impotente, ni siquiera podía ponerse de pie.

—Bochornoso.

—No tienes por qué abochornarte.

Él avanzaba a grandes zancadas hacia su mansión. De cerca, se podían ver los grandes ventanales, la textura del estuco, las puertas acristaladas y una especie de sala al aire libre que daba al mar, el porche de un multimillonario. Era el doble de grande que su apartamento de Santa Mónica. Además, eso solo era una parte de lo que podía ver, el interior tenía que ser magnífico.

—Ya hemos llegado —comentó él a unos pasos de esa casa de ensueño.

—¿No podríamos quedarnos fuera? —preguntó ella señalando la enorme terraza.

Él parpadeó con un brillo en los ojos grises.

—Claro, si te sientes más segura aquí fuera…

—¡No, no es eso!

—¿No? —preguntó Adam arqueando las cejas.

—No quiero estropearte la moqueta.

—¿La moqueta? —su sonrisa podría derretir un iceberg—. No hay ni un centímetro de moqueta en la casa y prometo mantenerte alejada de cualquier alfombra.

—Ah… De acuerdo…

Entraron en el enorme recibidor donde un suelo de mármol con formas geométricas de piedra llevaba a una escalera en curva. Ella tragó saliva y contuvo un suspiro ante ese lujo de buen gusto. Sintió un cosquilleo por dentro y no supo si fue por la impresionante casa o por el hombre en sí. La amplitud de sus hombros, el tono bronceado de su piel, que estuviese sin camisa y mojado, que la agarrara por debajo de los muslos… El cosquilleo se hizo más intenso y superó el bochorno. Empezó a subir las escaleras.

—¿Adónde vamos?

¿La llevaba a su guarida?

—El botiquín está en mi cuarto de baño. Mary está de compras, si no, le habría pedido que lo trajera.

—¿Mary? ¿Tu novia?

Él la miró de arriba abajo.

—Mi… empleada.

—Ah… ¿Llevas mucho tiempo viviendo aquí?

—Lo bastante.

—La casa es preciosa. ¿La has decorado tú?

—Me ayudaron un poco.

Era esquivo, pero no grosero.

—Siento todo esto. Seguramente, tendrás cosas mejores que hacer…

—Como ya te he dicho, he sido socorrista.

Efectivamente, lo había dicho.

Adam la sentó en la encimera del cuarto de baño. Unos ojos verdes y almendrados seguían cada movimiento que hacía. A juzgar por lo que veía, no llevaba ni rastro de maquillaje, ni lo necesitaba. Su belleza parecía natural, su rostro estaba esculpido con delicadeza y tenía un tono cálido. Su boca parecía un corazón y su piel era suave como la mantequilla. Todavía le palpitaban las palmas de las manos por haberla llevado sujeta por los muslos.

—Muy bien. Iré a por una camiseta y unas gafas.

Se puso la primera camiseta que encontró en la cómoda y volvió con unas gafas de montura dorada. Luego, abrió un armario del cuarto de baño y encontró lo que buscaba: gasa, agua oxigenada y una pomada antibiótica. Se subió las gafas.

–¿Preparada?

–Sí, adelante.

–Quiero ver con detenimiento el corte –comentó él mientras le quitaba la toalla que le envolvía el pie.

–Eres muy amable. ¿A qué te dedicas? –preguntó ella.

Él no dejó de mirarle el pie. Era pequeño y delicado y lo trataba con cuidado para inspeccionarle le herida con el talón levantado.

–Bueno, trabajo por cuenta propia.

–Con eso basta. La casa es fantástica.

–Gracias.

–¿Solo vivís Mary y tú?

–Algunas veces. Mia, ¿te importaría subir y girar el cuerpo hacia el lavabo para que pueda ver un poco mejor el pie?

Él le agarró el talón y la ayudó a subir las piernas y girarse un poco hasta que llenó la mitad de la encimera de mármol color chocolate. No podía medir más de un metro sesenta, pero los pies la colgaron por encima del lavabo.

La camiseta de tirantes y los pantalones cortos mostraban su cuerpo tostado por el sol. Tenía unas piernas largas y esbeltas como las de una bailarina. El conjunto era de primera y se dio cuenta de que estaba mirándola fijamente. Tenía que centrarse y ser un buen samaritano.

–¿Fuiste a la universidad de UCLA? –preguntó ella.

–Sí.

Se acarició la barbilla y vaciló mientras le miraba el pie.

–Adam…

La miró y se le pasó una cosa por la cabeza. Para ser una mujer con un corte en el pie, hacía muchas preguntas. No sería la primera vez que alguien intentaba entrevistarle de una manera poco ortodoxa. El corte del pie era bastante feo. A algunas mujeres les gustaba hablar cuando estaban nerviosas. ¿La ponía nerviosa?

–¿Te importa que te limpie al pie?

Ella se sonrojó un poco y sus ojos dejaron escapar un brillo de duda.

–¿Eres fetichista con los pies o algo así?

Él sonrió. Efectivamente, era posible que la pusiera nerviosa.

–No, no soy fetichista con nada.

–Me alegro de saberlo –ella resopló–. De acuerdo.

–Si te duele, dímelo –le pidió él mientras llenaba el lavabo con agua caliente.

Ella asintió con la cabeza, cerró los ojos y se agarró las piernas.

–Intenta relajarte, Mia.

Se le suavizó la expresión y abrió los ojos. Él le puso el fino tobillo encima del lavabo y le mojó el pie con agua caliente. Empapó un paño con jabón bactericida y le limpió minuciosamente la zona. Notó que se acaloraba. Hacía meses que no estaba en una situación tan íntima con una mujer y Mia,

11

con las uñas de los pies pintadas de rosa, una piernas interminables y un rostro hermoso, era una mujer al cien por cien.

–La buena noticia es que ha dejado de sangrar.

–Fantástico. Ya puedo dejar de preocuparme por estropearte los muebles.

–¿Eso es lo que te preocupa? –preguntó él con el ceño fruncido.

–Sí, después del fetichismo con los pies.

Él sacudió la cabeza y contuvo una sonrisa. Había muy pocas personas que le hicieran sonreír y Mia ya lo había conseguido varias veces.

–Puedes dejar de preocuparte. Además, creo que no hay que darte puntos, el corte no es tan profundo como parecía. En cambio, sí es largo y puede dolerte al andar durante un día o dos. Sin embargo, puedes ir a un médico para confirmarlo.

Ella no dijo nada.

–¿Qué tal?

Adam levantó la cabeza y se encontró con la cara de ella, que miraba con atención todo lo que hacía. Sus ojos se encontraron y él tragó saliva. Podría nadar un kilómetro en esos preciosos ojos verdes.

–Bien… –contestó ella al cabo de un momento.

La casa estaba silenciosa, solo estaban ellos dos, y Adam le agarraba el tobillo con delicadeza.

–Me… alegro. Solo tardaré un segundo –él se aclaró la garganta y tomó las vendas–. Voy a vendártelo bien fuerte.

Vio que ella le miraba la mano izquierda, que

se fijaba en el dedo anular, que no tenía ninguna marca, y que esbozaba una sonrisa.

—Preparada.

De repente, se sintió encantado de no tener ninguna relación sentimental en ese momento.

Entonces, después de que Adam la hubiese vendado, el estómago le rugió mientras la ayudaba a bajar de la encimera del cuarto de baño. Se puso de todos los colores, pero él, elegantemente, se limitó a sonreír y a invitarla a desayunar. También le había dicho que tenía que mantener el pie en alto durante un rato.

Se sentó en una tumbona de la terraza al aire libre con el pie sobre una silla y con Adam a su derecha. Los dos miraban hacia el mar.

El sol estaba empezando a abrirse paso entre la neblina matutina y el ruido de las olas al romper en la costa le retumbaba en los oídos. Unas cortinas blancas colgaban detrás de ella mientras bebía café en una taza de porcelana con borde dorado.

—Entonces, ¿eres peluquera?

—Bueno, soy la dueña de la peluquería, pero no corto el pelo. Tengo dos empleadas.

Estuvo atenta a su reacción y no añadió que First Clips también cortaba el pelo a niños. Las peluqueras se disfrazaban y las niñas se sentaban en tronos de princesas para que les cortaran el pelo; los niños se sentaban en cohetes espaciales. Después, una vez arregladas, les regalaban tiaras o gafas de astronauta. Estaba muy orgullosa de su... empresa.

13

Anna había elaborado la idea y había sido la peluquera principal, mientras que ella se ocupaba del tema económico. Tenía que tener cuidado con lo que contaba sobre First Clips. Si Anna le hubiese hablado de la peluquería, él podría atar cabos y darse cuenta de que ella no era una inocente joven que paseaba esa mañana por la playa.

Mary, la empleada de sesenta y tantos años, llevó unas fuentes con huevos escalfados, beicon, galletas recién hechas y una variedad de bollos.

—Gracias —dijo ella—. El café está buenísimo.

—Mary, te presento a Mia —intervino Adam—. Tuvo un accidente en la playa esta mañana.

—Vaya… —los ojos azules de Mary se dirigieron hacia su pie—. ¿Estás bien?

—Creo que sí, gracias a Adam. Pisé una botella rota.

—Esos mamarrachos… —Mary sacudió la cabeza—. Siempre andan rondando por ahí al anochecer —Mary se tapó la boca inmediatamente—. Lo siento, pero es que están en el instituto y no deberían estar bebiendo cerveza y haciendo de todo en la playa. Adam ya ha pensado denunciarlos.

—Es posible. También es posible que les dé una lección.

—¿Cómo? —preguntó Mary.

—Tengo algunas cosas pensadas.

—Ojalá —Mia se quedó con la impresión de que Mary mandaba bastante en casa de Adam—. Me ha encantado conocerte, Mia.

—Lo mismo digo.

—Gracias, Mary. La comida tiene un aspecto

buenísimo —comentó Adam mientras Mary volvía a cocina y él señalaba las fuentes–. Al ataque, sé que tienes hambre.

Él sonrió. Siempre que sonreía, algo le palpitaba a ella por dentro. Se sirvió unos huevos y untó una galleta con mantequilla, pero dejó aparte el beicon y los bollos. Adam, en cambio, se sirvió un poco de todo.

—Dijiste que trabajas por cuenta propia, pero ¿qué tipo de trabajo haces?

—Diseño cosas —contestó él antes de comerse una galleta con mantequilla.

—¿Qué cosas? —insistió ella.

No le gustaba hablar de sí mismo.

—Casas —él se encogió de hombros–, hoteles, villas…

Ella comió un poco de huevo y se inclinó hacia atrás para mirarlo.

—Seguro que viajas mucho.

—La verdad es que no.

—Entonces, ¿eres casero?

—No tiene nada de malo, ¿no? —contestó él encogiéndose de hombros otra vez.

—No, la verdad es que yo también soy bastante casera.

En ese momento, que estaba criando a Rose, solo tenía tiempo para trabajar y para el bebé. El corazón se le desgarraba cada vez que pensaba en desprenderse de Rose, y no sabía si podría. El primer paso era conocer a Adam y ya se le habían quitado casi las ganas de dar más pasos. ¿Por qué no podía ser un fracasado? ¿Por qué no era un ma-

jadero? ¿Por qué tenía que sentirse tan irremedia-
blemente atraída hacia él? ¿Había estado casado?
¿Tenía un harén de novias? ¿Tenía vicios como las
drogas, el juego o la adicción al sexo?

Bueno, la imaginación se le estaba desbocando.
Todavía no sabía casi nada de Adam y tendría que
encontrar la manera de pasar más tiempo con él.

Rose se merecía la molestia, se merecía… cualquier cosa.

—No vas a poder volver andando.

Ella se miró el pie, que seguía encima de la silla.
Ya había terminado el desayuno y el corazón se le
había acelerado. Necesitaba más tiempo. Todavía
no había averiguado nada personal sobre Adam,
aparte de que era inmensamente rico y de que se
le daban muy bien los primeros auxilios. La venda
le apretaba el pie y lo notaba mucho mejor, pero
todavía no había intentado levantarse. No podría
andar por la arena con las chanclas y esa venda.

—No tengo más remedio.

Adam ladeó la cabeza e hizo una mueca.

—Yo tengo coche…

—No puedo trastocarte más el día —ella sacudió
la cabeza—. Volveré por mis medios.

Bajó las piernas al suelo y empujó el asiento
para levantarse.

—Ya has hecho basta…

Sintió un dolor desgarrador en la planta del
pie, apretó los dientes y se agarró a la mesa. Adam
la sujetó de los hombros al instante.

—Lo ves, me imaginaba que no podrías andar.

—Ya… Es posible que tengas razón.

16

Por tercera vez en el día, Adam la tomó en brazos. Captó ese olor tan sexy que le rodeaba.

—Eso empieza a ser una costumbre… —comentó ella.

Él la colocó bien entre sus brazos y la miró.

—Es necesario.

—¿Siempre haces lo que es necesario?

—Lo intento.

Él empezó a caminar, pero se detuvo y se inclinó para recoger las chanclas de la encimera de la cocina.

—¿Las tienes?

—Las tengo.

—Aguanta.

Ella aguantaba aferrada a él y disfrutando de que la llevara así.

Capítulo Dos

La llevó por un largo pasillo hacia el garaje. Después de unos veinte pasos, el pasillo se abría en una enorme habitación circular y vio un Rolls-Royce descapotable. El coche, una obra de arte en sí mismo, estaba en el centro, como expuesto. Jamás había visto tanto lujo y se dio cuenta de las diferencias tan grandes que había entre ellos.

Dejó de mirar el coche y miró alrededor. Obras de arte enmarcadas colgaban de la pared y un mosaico ocupaba casi un tercio del espacio. Se quedó boquiabierta.

—Adam, ¿tienes tu propia madriguera?

Él esbozó media sonrisa y también miró alrededor pensativamente.

—Nadie la había llamado así.

—¿Cuántas personas la han visto?

—No muchas.

—Entonces, es tu madriguera, la mantienes oculta.

—Se me ocurrió cuando estaba proyectando la casa y la hice.

—No sé gran cosa sobre obras de arte, pero este… museo es increíble. ¿Eres un obseso del arte?

—Más bien, me gusta la belleza, en cualquiera de sus manifestaciones.

La miró a la cara como si la admirara y ella sintió un cosquilleo en la nuca. No podía evitar que le brotaran gotas de sudor por estar en brazos de un hombre impresionante que le susurraba al oído, pero no estaba allí para coquetear, para adularlo o para hacerse ilusiones. Tenía que obtener respuestas de él.

Adam subió a la tarima donde estaba el Rolls y abrió la puerta del acompañante.

–¿Qué haces?

–Voy a llevarte a casa.

–¿Ahí…? Quiero decir, el coche es parte de tu museo. Por si no te habías dado cuenta, no hay puerta de garaje –ella miró alrededor otra vez para cerciorarse–. No la hay, ¿verdad?

–No, pero sí hay un montacargas.

–¿Dónde?

–Estamos sobre él. Voy a montarte en el coche.

La dejó en un mullido asiento de cuero y su rostro quedó a unos centímetros del de ella. Su olor la envolvió y se ordenó dejar de babear.

–¿Puedes ponerte el cinturón de seguridad? –le preguntó él.

No pudo evitar imaginarse que Adam le ponía el cinturón con delicadeza.

–Claro.

Él se retiró, rodeó el coche y se sentó detrás del volante.

–¿Preparada? No te asustes. Vamos a empezar a descender.

Él pulsó unos botones y se oyó un ruido mecánico muy fuerte. La plataforma empezó a descender muy despacio mientras el suelo de la casa de Adam desaparecía. Miró hacia arriba y vio que al techo se cerraba otra vez. No podía negarse que era un genio de la arquitectura y la mecánica. Aterrizaron en un garaje al nivel de la calle y se oyeron más ruidos. Era un espacio muy amplio con más coches aparcados.

–¿Estos coches se han quedado sin gasolina? –preguntó ella.

Él se rio.

–Me ha parecido que este sería más cómodo para ti. Además, tengo que reconocer que hacía mucho tiempo que no sacaba el Rolls.

¿De verdad no estaba intentando impresionarla? El Rolls eclipsaba a un Jaguar, a un todoterreno y a un pequeño deportivo.

–Entonces, ¿eres un obseso de los coches?

Él puso en marcha el motor y apretó el botón del control remoto. Se abrió la puerta del garaje y la luz entró a raudales.

–Haces muchas preguntas, Mia. Relájate, estira las piernas y disfruta del paseo.

¿Qué remedio la quedaba? Era evidente que a Adam no le gustaba hablar de sí mismo. Las últimas palabras de Anna le dieron vueltas en la cabeza y la atenazaron el corazón. Las había dicho en voz baja, pero muy firme.

–Adam Chase es el padre… Arquitecto… Una noche… Eso es todo lo que sé, pero encuéntralo.

Anna había sido más atrevida que ella, pero ya entendía por qué no había sabido casi nada sobre el padre de su hija.

Miró el perfil de Adam mientras ponía el coche en marcha. Los pómulos prominentes, los ojos grises y pensativos, el mentón rotundo... El pelo, como quemado por el sol, era corto y lacio. No llevaba anillos y volvió a preguntarse si tendría una novia o tres. Todo, la casa, los coches, su atractivo, indicaba que era un seductor, pero su intuición le decía otra cosa, algo que no sabía qué era. Tenía que encontrar la manea de retrasar su marcha. No tenía suficientes datos, no podía arrojarle a la dulce Rose de cualquier manera.

Incluso, era posible que él no la quisiera.

Sin embargo, ¿quién no iba a querer a ese bebé tan maravilloso?

—¿Estás segura de que no quieres que te lleve a casa? —le preguntó él—. Alguien podría ir a recoger tu coche si no puedes conducir...

—¡No! Llévame hasta mi coche, por favor. No está lejos y estoy segura de que sí puedo conducir.

Adam la miró.

—De acuerdo, si estás segura... —concedió él, que no parecía nada convencido.

—Ya noto mejor el pie. Estoy segura.

Él asintió con la cabeza, suspiró y volvió a mirar la carretera.

—¿Dónde está?

—Lo dejé aparcado en la caseta del socorrista número tres... Ese es mi coche —señaló un Toyota y él aparcó al lado.

—Espera —le pidió él—. Recogeré tus cosas de la playa. Señálame dónde están.

Había mentido... No tenía ni una toalla en la arena. Parpadeó y titubeó un instante.

—Vaya, se me había olvidado. He debido de meterlo todo en el maletero antes de dar el paseo.

Adam no se inmutó y ella suspiró aliviada. Se bajó del coche, lo rodeó por delante y se paró al lado de la puerta del acompañante. Ella la abrió y él volvió a agarrarla para ayudarla a salir. Sintió una oleada de calidez por el abdomen. Nunca había sentido esa sensación que le alteraba la cabeza y le derretía las entrañas. La dejó en el suelo y ella apoyó el peso en el pie.

—Estoy bien —comentó Mia mirándolo a los ojos.

—¿Estás segura? —le preguntó él preocupado.

—Basta con que me ayudes a llegar al coche.

Le rodeó la cintura con un brazo y volvió a sentir esa sensación que la dominaba por dentro. La llevó con cuidado, medio andando y medio dando saltos, hasta su coche.

—¿Tienes las llaves? —le preguntó él.

—Aquí están —contestó ella sacándolas de un bolsillo de los pantalones cortos.

—Muy bien —la miró fijamente—. Todo en orden.

—Sí.

Ninguno de los dos movió ni un músculo. Se oían los ruidos de la playa que empezaba a llenarse, las risas de los niños, los llantos de los bebés, el rugido de las olas al romper en la orilla, los chillidos de las gaviotas, pero, aun así, era como si estuviesen solos. Los latidos del corazón le retumbaban en la cabeza.

Se puso de puntillas, le miró a los ojos y le dio un beso en la mejilla.

—Gracias, Adam. Has sido un encanto.

–De nada.

–Me encantaría corresponderte haciéndote uno de los platos toscanos de mi abuela, pero...

–¿Pero? –preguntó él arqueando las cejas.

–Mi cocina está en las últimas.

Eso era verdad. Dos de los quemadores no funcionaban y el horno hacía lo que quería.

–No hace falta que me correspondas –replicó él sacudiendo la cabeza–. Sin embargo, me encanta la comida italiana –siguió él–. Podrías hacerlo en mi casa cuando te parezca bien.

¿En su casa? ¿En esa cocina impresionante con los últimos avances tecnológicos?

–Me encantaría. ¿Te parece bien el sábado alrededor de las siete?

–Me parece muy bien.

Era una cita... No era una cita. Tenía una misión y no podía olvidarla... aunque todavía tuviera un cosquilleo en la boca por el beso.

Adam se quitó las gafas y las dejó en la mesa de dibujo. Se dejó caer sobre el respaldo y suspiró. Tenía los ojos cansados. Los cerró y se pellizcó un rato el puente de la nariz. ¿Cuánto tiempo llevaba allí? Miró el reloj. Siete horas sin parar. Estaba proyectando una villa en la costa sur de España y todo iba sobre ruedas, pero los ojos se quejaban y no podía concentrarse. Tenía que descansar un rato.

Y todo por una hermosa mujer que se llamaba Mia. Había pensado mucho en ella durante los dos últimos días. Ya no era habitual que una mujer le ocupara la imaginación, pero esa hermosa mujer lo intrigaba, aunque no sabía bien por qué. Al haber pasado esas horas con ella, se había dado cuenta de lo ermitaño que se había convertido últimamente. Anhelaba la privacidad, pero no le había importado que ella le hubiese interrumpido la mañana ni que le hiciese todas esas preguntas indiscretas. En realidad, haber acudido en su ayuda era lo más destacable de toda la semana. Estaba deseando que llegara la noche del día siguiente...

—Adam, te llaman por teléfono. Es tu madre.

Mary le entregó el móvil.

—Gracias. Hola, mamá.

—Adam, ¿qué tal está hoy mi primogénito?

Él apretó los dientes. Esa forma de referirse a él le recordaba que habían llegado a ser tres y que Lily ya no estaba.

—Bien. Acabo de terminar mi jornada laboral.

—¿La villa?

—Sí. Estoy contento de cómo avanza.

—Algunas veces se me olvida que proyectas sitios fascinantes.

—Somos un equipo, mamá, no estoy solo.

—Es tu empresa, Adam. Has hecho cosas muy notables.

Él volvió a pellizcarse el puente de la nariz. Su madre nunca era clara y le decía que estaba orgullosa de él. Quizá lo estuviese, pero nunca se lo había dicho con palabras y, probablemente, nunca se lo diría. Sin embargo, no podía reprochárselo. No había hecho lo único que la enorgullecería de él, lo único que le habría garantizado una vida feliz.

—¿Has hablado con tu hermano?

—No, pero pienso hablar con Brandon a lo largo de esta semana.

—Es que espero que los dos liméis vuestras diferencias. Ya voy siendo mayor y he rezado para que Brandon y tú volváis a comportaros como hermanos.

—Lo sé, mamá.

Lo único que le consolaba era saber que su madre le pedía lo mismo a Brandon. Ella quería que lo que quedaba de su familia volviera a estar unida.

—Lo he llamado varias veces —añadió él—, pero estoy esperando a que me conteste.

—Creo que está en San Francisco, pero esta noche estará en su casa.

La casa de su hermano estaba en Newport Beach. Era piloto y en ese momento dirigía una empresa de vuelos chárter con sede en el condado de Orange. Brandon y él no opinaban lo mismo sobre nada. Eran como la noche y el día. Quizá por eso Jacqueline, su exnovia, se había ido con su hermano. A ella le gustaban las emociones y las aventuras. Nada le convencería de que no le había dejado por Brandon. Brandon era de trato fácil y despreocupado, mientras que él seguía siendo comedido, aunque había amado a Jacqueline con toda su alma.

—No te preocupes, mamá, lo resolveré con Brandon. No querrá perderse tu fiesta de cumpleaños, los dos sabemos lo importante que es para ti.

—Quiero que mis niños vuelvan a estar unidos.

Adam lo veía improbable, pero se había cerciorado de que Brandon acudiría a celebrar los setenta años de su madre y los dos se comportarían como personas civilizadas.

–Lo entiendo.

Era todo lo que podía hacer. No podía prometer nada a su madre sobre su relación con Brandon. Había demasiado dolor y tristeza por medio.

–Bueno, será mejor que me despida. Mañana tengo un día estupendo. Vamos al Museo Getty. Hace años que no voy.

–Muy bien, mamá. ¿También va Ginny?

–Claro. Es mi pareja en Sunny Hills. Hacemos todo juntas.

–¿Y no os habéis desquiciado todavía?

Adam oyó una risa cariñosa y era un sonido que le encantaba.

–Bueno, tenemos nuestros momentos. Ginny puede llegar a ser desesperante, pero es mi mejor amiga y mi vecina y nos gustan las mismas cosas.

–Muy bien, mamá. Diviértete mañana.

–Gracias, cariño.

Adam cortó la llamada y se imaginó a su madre en Sunny Hills. Era una comunidad para personas mayores que se mantenían activas que estaba a unos quince kilómetros de Moonlight Beach. Adam le había comprado una casa en esa comunidad vigilada y ella se había adaptado bastante bien. Las actividades la mantenían ocupada. Él intentaba verla un par de veces al mes.

–Es la hora de la cena –le comunicó Mary desde la puerta–. ¿Tienes hambre, Adam? ¿Quieres que ponga la mesa en la terraza o en la cocina?

–En la cocina me parece bien.

Mary asintió con la cabeza. Ella se lo preguntaba todas las noches y él le contestaba siempre lo mismo, pero no quería que dejara de preguntárselo. Era posible que una noche cambiara de opinión. Era posible que una noche quisiera ver la puesta de sol, oír las risas y una música tenue a lo lejos. Era posible que una noche no quisiera cenar solo, ver un rato la televisión y leer hasta que se quedara dormido.

–Por cierto, Mary…

–Sí…

–Mañana tómate el día libre y disfruta de un fin de semana largo.

–Gracias, Adam. ¿Tiene algo que ver con esa chica tan encantadora que conociste al otro día?

–Sí te dijera que sí, ¿no insistirías?

–¿Una… cita? –preguntó ella con un brillo esperanzado en los ojos azules.

No iba a dejar el asunto tan fácilmente.

La verdad es que no. Va a venir para cocinarme. Como agradecimiento por haberla ayudado.

Mary sonrió de oreja a oreja y el rostro se le iluminó.

–Una cita. Me cercioraré de que la cocina esté bien provista.

–Gracias, Mary, pero siempre está bien provista. No te preocupes. Me imagino que traerá lo que necesite. Tú disfruta del sábado libre.

–Y tú disfruta de tu cita. Iré a poner la mesa para la cena.

Mary se marchó y él sonrió. Mia iba a ir a hacerle la comida. Una mujer hermosa con un cuerpo de ensueño y una piel que hacía que quisiera tocarla y seguir tocándola. Tenía que reconocer que le excitaba la idea de que ella fuese a ir al día siguiente... y eso no le había pasado desde hacía mucho tiempo.

—Abuela, es muy doloroso —Mia mecía a Rose en brazos—. No puedo imaginarme no verla todos los días. No puedo imaginarme renunciar a ella.

—También es nuestra —la abuela Tess estaba sentada en su butaca de flores favorita—. No vamos a renunciar a ella. Estoy segura de que ese tal Adam hará lo acertado y te permitirá ver al bebé.

—Permitirá...

Mia arrugó los labios. Había criado a Rose desde que nació y estaban unidas. ¿Iba a tener alguien la capacidad de permitirle ver a Rose?

—Además, podría no ser el padre. ¿Lo habías pensado?

—Sí —Mia sonrió levemente—, pero la intuición me dice que lo es. Rose tiene sus ojos y su color de pelo. No es morena como nosotras.

—Bueno, creo que deberías irte. Déjala en el corral. Seguramente, dormirá toda la noche. Estaremos muy bien, no te preocupes.

—Lo sé. Te quiere mucho, abuela.

Los ojos se le empañaron de lágrimas. Tenía el corazón encogido. No quería marcharse y tampoco quería ver a Adam Chase esa noche. Quería quedarse con su abuela y Rose. Se enjugó la lágrima con un dedo y suspiró.

—No llegaré tarde. Si me necesitas por algo, llámame al móvil, lo tendré a mano.

Dejó al bebé en la cuna en la casa de su abuela. Rose, en un saco de dormir rosa, parecía encantada de la vida. Le tocó un mechón con mucho cuidado para no despertarla.

—Buenas noches, mi melocotón –le susurró.

Luego, se inclinó para darle un beso en la mejilla a su abuela. Siempre tenía la piel caliente y suave como una almohada de plumón.

—No te levantes, yo cerraré la puerta con llave.

—De acuerdo, cariño. No te olvides la comida.

—No.

Se miró en el espejo del pasillo. Llevaba un vestido de tirantes color coral con escote recto y bastante recatado. El pie se le había curado lo bastante como para llevar una sandalias planas de un azul que entonaba con el collar y los pendientes. Llevaba el pelo suelto y ondulado y le llegaba hasta casi la mitad de la espalda.

Levantó la bolsa con las cosas que necesitaba para hacer la comida, miró una vez más a Rose y salió de la casa de su abuela antes de cerrar la puerta con llave.

Tardó menos de veinte minutos en llegar a la casa de Adam. Tenía los nervios a flor de piel mientras entraba en el camino de entrada y pulsaba el botón de la verja.

—¿Mia…? –preguntó la voz grave de Adam.

—Sí, ya estoy aquí.

Las verjas de hierro forjado se abrieron y se escondieron detrás de unos matorrales de hiedra muy altos. Siguió adelante agarrando con fuerza el volante y con el corazón desbocado. Pensó darse la vuelta y olvidarse de que había conocido a Adam Chase.

Aparcó cerca de la puerta principal, en el camino circular. Adam la esperaba en los escalones con las manos en los bolsillos de unos pantalones negros. Se quedó sin aliento. Una camisa de seda gris se le ceñía a los músculos de los brazos y sus ojos grises se encontraron con los de ella. Se acercó y le abrió la puerta del coche antes de que ella pudiera darse cuenta. Tenía un leve olor a cítrico.

—¿Qué tal estás?

Su voz profunda le retumbó en los oídos y tomó aire para serenar los nervios.

—Estoy curada gracias a ti.

—Me alegro. Estaba impaciente por comer la comida que me habías prometido.

Él le tendió la mano, ella la tomó y se bajó del coche.

—Espero no haber exagerado mis talentos.

Él le miró primero el vestido y luego a los ojos.

—Me parece que no… Estás muy guapa.

—Gracias.

Adam vio la bolsa de comida en el asiento del acompañante y la tomó sin preguntar nada.

—¿Preparada?

—Sí –contestó ella después de tragar saliva.

Subieron juntos los escalones de mármol y él se adelantó un poco para abrirle la puerta. Era educado, otro punto a favor de Adam Chase.

—Sigo sin poder acostumbrarme a esta casa,

Adam —comentó Mia cuando estuvieron dentro—. La madriguera es impresionante, pero el resto de la casa lo es tanto o más. Seguro que fue tu sueño desde el principio, como ese garaje museo.

—Es posible…

Era el rey de la ambigüedad. Reservado, casi hermético, nunca decía gran cosa sobre sí mismo.

—Tengo vino en la terraza por si quieres beber algo antes de que empieces a cocinar.

—Empecemos.

—¿Cómo dices?

—Vas a ayudarme, Adam.

Quizá consiguiera que se abriera un poco mientras picaba verduras y cortaba carne. Él se frotó la nuca.

—Creía que solo iba a mirar.

—Eso no es divertido —ella sonrió—. Disfrutarás más de la comida si sabes que has participado.

—De acuerdo. Lo intentaré, pero te aviso de que nunca se me ha dado bien la cocina.

—Estoy segura de que si puedes proyectar una casa como esta, puedes saltear verdura.

Él se rio y se le iluminó toda la cara. Era un placer verlo. Lo siguió hasta la cocina y él dejó la bolsa en la encimera de una isla que era casi tan grande como toda la cocina de ella.

—¿Cómo se llama el plato?

—*Tagliatelle bolognese*.

—Impresionante.

—Es delicioso, salvo que seas vegetariano…

—No lo soy.

—Como la salsa tiene que hervir a fuego lento

durante casi dos horas, podemos beber ese vino cuando esté en marcha.

—Es una buena idea. ¿Qué tengo que hacer?

Ella le miró la ropa impecable.

—Por de pronto, quitarte la camisa.

—De acuerdo —concedió él con media sonrisa.

Adam empezó a desabotonarse la camisa y a ella se le fue secando la garganta a medida que iba viendo la piel bronceada.

—¿Por qué estoy haciéndolo? —preguntó él cuando iba por al cuarto botón.

—Porque… —ella seguía mirándole el pecho—. Porque la salsa suele salpicar y no me gustaría que te mancharas esa camisa tan bonita.

—Entonces, ¿por qué no haces tú lo mismo? ¿Por qué no te quitas ese vestido tan bonito?

Ella se quedó sin respiración. Él estaba flirteando de una manera peligrosa.

—Porque —ella rebuscó en la bolsa— tengo un mandil.

Mia lo desdobló con un gesto de la muñeca. Se lo puso y se lo ató a la espalda.

—¿Por qué no te pones tú una camiseta?

—De acuerdo. Ahora mismo vuelvo.

Ella ya tenía todos los ingredientes preparados cuando Adam volvió. Llevaba una camiseta negra con letras blancas que decían «Catalina Island».

—¿Mejor?

Los músculos de los brazos casi reventaban las mangas de la camiseta.

—¿Te importaría picar cebolla, ajo y apio?

—Claro…

Adam secó un cuchillo y empezó por las cebollas. Ella cortó unos trozos de cerdo y panceta.

—Necesito una sartén.

Mia miró las docenas de cajones y armarios que había alineados en la pared.

—Voy…

Adam fue a abrir la puerta inferior de un armario que estaba enfrente de ella y le rozó los muslos con los antebrazos. Se quedó helada mientras una oleada ardiente la arrasaba por dentro. Había sido un contacto accidental, pero ¡cómo había reaccionado su cuerpo! Él se limitó a tocar el cajón con las yemas de los dedos y se abrió para mostrar toda una serie de sartenes y cazos relucientes.

—Elige.

—No había visto nada parecido. También tienes una cocina madriguera. Me siento como en el paraíso —comentó ella en un tono pensativo.

Adam, a su lado, la miraba como si intentara descifrarla.

—Yo también me siento igual.

Ella parpadeó. Tenía que concentrarse y pensar en Rose, en por qué estaba allí.

Se dio la vuelta y los dos retomaron sus tareas. Un rato después, echó las verduras y un chorro de aceite de oliva a la sartén.

—¿Ayudabas a cocinar a tu madre cuando eras pequeño? —le preguntó ella.

Su abuela Tess siempre decía que se podía juzgar a un hombre por cómo trataba a su madre.

—No, mi madre nos expulsaba a los niños de la cocina. Solo Lily… Da igual.

Ella dejó de mirar las verduras salteadas y miró el perfil de él. Tenía los dientes apretados.

—¿Lily…?

—Mi hermana. Ya no está, pero para contestar a tu pregunta, no, no ayudaba gran cosa con las comidas.

¿Había tenido una hermana y ya no estaba? Ya eran dos. Su querida Anna tampoco estaba. Él no quería hablar de esa hermana y a ella no le extrañaba.

—¿Tienes hermanos?

—Uno.

No dijo nada más. Había que sacarle las respuestas con sacacorchos. Añadió el cerdo a las verduras y revolvió la mezcla.

—¿Te criaste por aquí cerca? —le preguntó ella con desenfado.

—No, ¿y tú?

—Me crie bastante cerca de aquí, en el condado de Orange.

No le gustaba pensar en aquella época y en que su familia había tenido que salir corriendo de la ciudad por culpa de su padre. Su madre, su hermana y ella habían tenido que abandonar a sus amigos, su casa y todo lo que habían conocido por culpa de James Burkel. Ella lloró durante días y le gritaba a su madre que no era justo. Sin embargo, no había sido culpa de su madre, ella también había sido una víctima y el escándalo por lo que había hecho su padre había deshonrado el nombre de su familia. Lo peor de todo era que una niña inocente había perdido la vida.

–Toma, si no te importa, revuelve esto –le pidió a Adam–. Vamos a saltear la carne y las verduras, pero no quiero que se quemen. Iré a por la salsa.

–Claro.

Tomó la cuchara de madera de la mano de ella y se quedó rígido y concentrado mientras revolvía. Mia lamentaba incomodarlo con sus preguntas, pero tenía que hacérselas.

–Apártate un poco, voy a echar la salsa.

–¿Qué es eso? –preguntó él girándose hacia ella.

Ella apretó un tubo de salsa de tomate hasta que salió la pasta roja.

–Pasta de dientes toscana.

–¿Qué? –preguntó Adam entre risas.

–Lo llamamos así. Es salsa de tomate concentrada. Es muy sabrosa, prueba un poco.

Mia metió su cuchara en la salsa y la acercó a la boca de él, que separó los labios, inclinó la cabeza y la miró a los ojos mientras la probaba.

–A lo mejor está un poco caliente.

–Está muy buena.

–Lo sé. Chupi.

Los ojos de él dejaron escapar un destello malicioso y su sonrisa le aceleró el corazón.

–Chupi –repitió Adam.

Relajó la expresión, se despreocupó, y ella lo miró fijamente. Le gustaba más ese Adam distendido.

Después de echar las hierbas y los demás ingredientes, dejó la sartén a fuego lento y salió a la terraza.

–No suelo salir aquí –comentó Adam mientras

sacaba una butaca para ella–, pero pensé que a ti te gustaría.

El sol estaba poniéndose y se reflejaba en el mar y el cielo tenía tonos de todos los colores. Era fantástico.

–¿Por qué no, Adam? Si yo viviera aquí, vería la puesta de sol todos los días.

–Es…

Se rostro se crispó otra vez y ella no supo si se había callado por dolor o arrepentimiento… o por las dos cosas.

–Da igual –añadió él–. ¿Quieres una copa de vino?

–Sí –contestó ella.

Él le sirvió la copa y ella esperó a que también se sirviera para dar el primer sorbo.

–Mmm… Es delicioso.

–Me alegro de que te guste.

Bebieron vino y disfrutaron de la tranquilidad. Todavía se veían algunos bañistas a lo lejos, pero, aparte de eso, estaban completamente solos.

–¿Por qué te marchaste del condado de Orange? ¿Para ir a la universidad?

–No, me marché antes.

El vino era afrutado y suave y le soltaba la lengua, pero no podía contarle por qué había dejado la casa familiar. Había tenido cuidado de no contarle las cosas más íntimas por miedo a que Anna sí le hubiese contado parte de su historia. Si bien Anna había conservado el apellido Burkel, ella se lo había cambiado por el de su madre, D'Angelo. Ella era morena con ojos verdes y su hermana había sido blanca de piel y rubia de bote. Además, era posible que Adam ni siquiera se acordara de Anna. Según su hermana, había sido una aventura de una noche, un error descomunal.

—Cuando mi madre y mi padre se divorciaron, vinimos a vivir con mi abuela.

Eso se acercaba bastante a la verdad.

—Entiendo. ¿Dónde fuiste al colegio?

—En Santa Mónica. Luego hice unos cursos preparatorios de la universidad. Seguro que tú tienes muchos títulos.

—Unos cuantos —reconoció antes de dar un sorbo y de mirar hacia el mar.

—Tienes mucho talento y yo tengo curiosidad. ¿Por qué decidiste ser arquitecto?

Él se encogió de hombros con aire pensativo.

—Creo que quería construir algo tangible, algo que no se lo llevara el viento.

—Como los tres cerditos. Tú eres el cerdito inteligente que construyó una casa de ladrillo.

Él volvió a fruncir los labios y se acercó la copa a la boca.

—Tienes una manera muy especial de decir las cosas. Nunca me habían comparado con un cerdo.

—Con un cerdo inteligente, no te olvides… Levantas construcciones que son resistentes y hermosas.

—Lo primero son los cimientos. Luego, voy poniendo la belleza.

—Me gusta —reconoció ella con una sonrisa.

—Y tú me gustas a mí, Mia.

Adam le tomó la mano con firmeza y delicadeza a la vez. La miró con calidez y despertó en ella una sensación que no debería despertar, una sensación intensa en la boca del estómago. Lo arruinaría todo. Retiró la mano y se levantó.

—Será mejor que compruebe cómo va la comida.

—Claro…

Una imagen del rostro decepcionado de Adam la siguió hasta la cocina.

Capítulo Tres

–Maldita sea.

Adam cerró los ojos con todas sus fuerzas. Había estado a punto de estropearlo todo con Mia. Era recelosa y él no podía reprochárselo. No lo conocía. No dejaba que las personas le afectaran y había sabido sortear las preguntas de ella esa noche. Hacía años que había perdido el talento para la conversación, si lo había tenido alguna vez. Ojalá no estuviese tan prendado de ella… ¿Prendado? Esa palabra era muy cursi. Se sentía atraído por ella, era como un soplo de aire fresco en su monótona vida.

Entró en la cocina con dos copas de vino que había rellenado y la encontró junto al horno con el mandil puesto otra vez. Esa escena tan familiar le atenazó la garganta.

–Aquí estoy otra vez –Adam dejó la copa de vino–. ¿Qué puedo hacer?

–¿Qué tal haces las ensaladas?

–Me defiendo.

Ella revolvió la salsa y él abrió la nevera para sacar un cuenco de madera bastante grande cubierto con un envoltorio de plástico. Lo dejó delante de ella.

–¿Qué te parece?

–Tiene buena pinta –ella esbozó una sonrisa burlona–. Eres muy rápido.

—Gracias a Mary, que lo prevé todo —Adam abrió un cajón con una crujiente barra de pan italiano—. Sí, hasta el pan.

—Gracias, Mary —Mia sonrió—. La salsa está casi acabada. He traído *tagliatelle* hechos a mano, pero no podría igualar la receta de mi abuela, ella es una experta, es la creadora.

Mia extendió sobre una tabla varias láminas de una pasta fina y fue cortándolas en tiras de distintos tamaños.

—Los *tagliatelle* no tienen que ser perfectos, esa es la belleza de la receta. ¿Lo ves? —echó un pellizco de sal a un recipiente con agua hirviendo—. Ya está. ¿Quieres ir echándolos a medida que los corto?

—Creo que también podrías trabajar de chef, Mia D'Angelo.

—Te agradezco que lo digas, pero tendrás que juzgarlo dentro de dos minutos, cuando esté terminado.

—Si sabe como huele, estará delicioso.

El olor a ajo, hierbas y salsa de carne le despertó el apetito. Ese olor casero le trajo recuerdos de cuando se sentaba a comer con su madre, su padre, su hermano y su hermana.

—Eso espero.

Ayudó a Mia a servir los platos y volvieron a sentarse fuera. Había oscurecido y la luna iluminaba el cielo. Había unas velas encima de la mesa y él las encendió. No recordaba una noche tan relajada. Parecía que Mia no quería nada de él. Era auténtica.

La pasta humeaba en el plato y empezó a comerla. La salsa boloñesa era la mejor que había probado y la pasta estaba justo en su punto. Era un plato dulce y sabroso a la vez, con la cantidad justa de… todo.

—¡Caray! —exclamó él—. Está muy bueno. Voy a repetir. ¿Te parece bien?

—Me ofendería si no lo hicieras —Mia le sirvió otra ración y se la roció con queso parmesano—. Toma, esto debería tenerte contento durante un rato.

—Mañana tendré que nadar el doble.

—¿Cuánto sueles nadar?

—Unos cinco kilómetros.

—¿Todos los días?

—Todos los días que estoy aquí.

Ella enrolló unos *tagliatelle* en un tenedor.

—¿Viajas mucho?

—Solo cuando es imprescindible. Ahora tengo un proyecto muy importante en España. Es posible que tenga que ir pronto.

—A mí me encantaría viajar más. Salgo muy poco de California. Fui al cabo San Lucas cuando me gradué en el instituto y la familia de mi padre era de Virginia Occidental. Pasé allí algunas semanas en verano, pero… tu vida parece apasionante.

No lo era. No le gustaba viajar. Sin embargo, sí le gustaba trabajar y algunas veces tenía que viajar. Se imaginó a Mia en la costa sur de España con él, haciéndole compañía y esperándolo en la villa a que volviera de trabajar. Lo vio con tanta claridad que no oyó el último comentario. Parpadeó.

—Perdóname… ¿qué has dicho?

—Bueno, que siempre he querido ir a Italia. Para mí es un sueño ver la tierra de donde era la familia de mi madre. Nada más.

41

Él asintió con la cabeza. A mucha gente le gustaría buscar sus raíces, pero si él no volvía a pisar Oklahoma, tampoco le importaría ni lo más mínimo. Su familia no había vuelto ser la misma desde la muerte de Lily. Algunas noches se despertaba sudando y soñando con el desastre natural que se había cobrado la vida de su hermana.

—Puedo entenderlo. Italia es un país precioso.

—¿Has estado en Italia?

—Sí, una vez.

Ella dio un sorbo de vino. Él le miraba el delicado cuello y cómo daba pequeños sorbos. No quería que acabara la noche. Si dependiera de él, ella se quedaría toda la noche, pero eso tendría que esperar. No podía apremiar a Mia.

—¿Te apetece dar un paseo por la playa después del postre? Te prometo que llevaré una linterna y que tendremos cuidado.

Mia giró la muñeca y miró el reloj de pulsera.

—Me encantaría, pero está haciéndose tarde. Esta vez tendré que conformarme con el postre, pero ese paseo queda pendiente.

¿Tarde? Eran poco más de las diez.

—Prometido. Cuando quieras.

Llevaron los platos a la cocina y Adam sacó una tarta de fresa de la nevera. Tomó un cuchillo y cortó una buena porción de tarta.

—Caray —Mia se acercó a él—. Espero que sea para ti…

Le tomó la mano para dirigirle el cuchillo y que cortara una porción más pequeña. Notó una descarga eléctrica en las entrañas. La delicada piel de

Mia sobre la suya le había cautivado a la primera... Su olor, floral y erótico, le flotaba en la cabeza y no podía dejar que ella se marchara.

—Mia...

Le apartó unos mechones con el dorso de la mano y ella levantó los ojos, que lo miraron con un destello, como dos pozas de jade. Dejaron el cuchillo y él entrelazó los dedos con los de ella y la estrechó contra sí hasta que sus pechos se aplastaron contra el pecho de él.

—Mia...

Le pasó los labios por el pelo y la frente. Bajó la boca hasta la de ella, pero le temblaron los labios mientras esperaba la... invitación.

—Bésame, Adam —susurró ella.

La besó con delicadeza, como si se deleitara con sus labios. Era suave y tentadora. Estaba conteniéndose para no asustarla, para darle tiempo a que se acostumbrara a él.

Mia le pasó las yemas de los dedos por el borde del mentón. Él dejó escapar un sonido gutural e introdujo la lengua en su boca cuando separó los labios. Podía comprobar que la respiración estaba acelerándose, que sus pechos subían y bajaban cada vez más deprisa. Notó la tensión en las entrañas e hizo un esfuerzo para dominarse. Tenía que acabar el beso y separarse. Ella hacía que los nervios se le convirtieran en un batiburrillo de hormonas masculinas. Pasó una vez más la lengua por la calidez de su boca y retrocedió medio paso para romper el contacto.

Era demasiado, demasiado pronto y un disparate. Le sacaba a relucir los instintos más primarios. Le bullía la sangre. La abrazó.

—Mia, sal conmigo mañana por la noche —susurró él con la voz ronca por la premura.

La expresión de ella dejó de ser apasionada y se quedó concentrada. Su silencio lo sacó de quicio.

—De acuerdo —susurró ella por fin en un tono tan ronco como el de él—. Será mejor que me vaya, Adam.

No quería que se marchara, no se cansaba de ella, pero tampoco iba a forzar la suerte. No era el tipo de mujer que tenía una aventura de una noche y él se alegraba.

—Te acompañaré afuera —le tomó la mano y la acompañó hasta la puerta—. Gracias por la comida.

—Ha sido un placer.

—Ha sido deliciosa —como ella—. ¿Cuál es tu dirección?

—Seis, cuatro, seis, cuatro Atlantic. Es fácil. Apartamento diez, piso primero.

Él repitió la dirección para grabársela en la memoria y le abrió la puerta.

—Te acompañaré hasta el coche.

Estaba a unos pasos, pero le tomó la mano otra vez y ella lo miró con esos ojos verdes como las hojas de un árbol. Se derritió por dentro. Iban a ser veinticuatro horas muy largas.

—¿Te recojo a las siete?

—Me parece muy bien.

—Hasta entonces —se despidió Adam soltando el aire que había estado conteniendo.

Inclinó la cabeza y la besó recatadamente en

los labios. Su delicadeza y su dulzura lo abrasaron como un hierro al rojo vivo. Cerró la puerta del coche y le sonrió mientras ponía el motor en marcha. Se despidieron con la mano antes de que ella enfilara el camino que la llevaría a la autopista del Pacífico.

Él se quedó clavado en el suelo sin respiración. Mia D'Angelo había irrumpido en su vida, literalmente. ¿Qué carambola de fantasía era esa?

Capítulo Cuatro

—Va a costarte, Mia.

Se miró en el espejo del cuarto de baño del club nocturno y frunció el ceño. Iba a decírselo a Adam en algún momento de esa noche. No podía demorarlo más. Sabía, en el fondo de su corazón, que Adam era un hombre recto. Había tenido algunos novios que habían sido unos errores monumentales. Ya no era una ingenua, había aprendido de los errores, sobre todo, de su querido padre, quien era un padre espantoso y un marido peor todavía. Había engañado a su madre, había sido un mujeriego y un bebedor que había deshonrado y desgarrado a la familia. Había segado una vida, había atropellado a una joven en estado de embriaguez. La ginebra era su veneno favorito y era a lo que apestaba cuando se lo llevaron a la cárcel.

Sin embargo, Adam Chase, nadador, socorrista y arquitecto con talento, no era un error. Tenía esa sensación cada vez que estaba con él. Tenía que revelarle su secreto, se lo debía a Rose y se lo debía a él.

Esa noche lo había tenido en la punta de la lengua un par de veces. Una vez, había llegado el camarero con la comida; luego, la orquesta de jazz había empezado a tocar y Adam la había sacado a bailar. Ella no había podido negarse al ver esos

46

ojos que la miraban con un brillo expectante. Había bailado agarrada a él, se había dejado llevar por la música, se había dejado arrastrar por él.

En ese momento, no tenía excusa. Iba a salir de allí, iba a sentarse al lado de él e iba a pedirle que fuese paciente y comprensivo. Iba a ser lo más doloroso que había hecho en su vida. Sintió el escozor de las lágrimas que podían arruinarle el maquillaje. Se las secó con un pañuelo de papel y tomó aire para recuperar las fuerzas.

Los tacones sonaban con un ritmo fúnebre mientras volvía. La habitación estaba oscura y la melodía de blues recalcaba el ambiente de abatimiento. Llegó a la mesa mirando hacia otro lado, sin poder mirar a Adam. Abrió la boca, pero volvió a cerrarla al instante. Allí, sentado al lado de su acompañante, estaba Dylan McKay, ni más ni menos. Estrella de cine, el hombre más sexy del año, el más taquillero… La cabeza se le nubló. Los dos hombres se levantaron al instante.

—Mia D'Angelo, te presento a mi vecino Dylan.

—Hola, Mia –le saludó Dylan tendiéndole la mano.

—Hola –ella le estrechó la mano y sonrió con desenfado, como si todos los días conociera a una superestrella–. Encantada de conocerte.

—Lo mismo te digo. Además, también te diré que estoy impresionado, no hay muchas personas capaces de sacar a Adam de su casa. Sabe Dios que lo he intentado cientos de veces.

—No seas pesado, McKay –intervino Adam mirándolo con el ceño fruncido.

Dylan esbozó una sonrisa deslumbrante y con un brillo malicioso en los ojos.

—Adam y yo somos vecinos desde hace unos años. No es muy sociable, pero es buena persona.

Adam puso una expresión de pocos amigos y Dylan guiñó un ojo. Era difícil no sonreír. Dylan era cautivador. ¡Había visto todas sus películas! Le separó la silla antes de que lo hiciera Adam y ella pudo ver que fruncía el ceño otra vez.

—Gracias.

Ella se sentó mientras él volvía a meter la silla.

—¿No tenías que marcharte? —le preguntó Adam enviándole una señal con los ojos.

Ella tuvo que contener la risa.

—La verdad es que sí. Tengo una cita con una mujer mayor a la que le encanta el jazz.

Adam arqueó las cejas como si lo hubiese entendido de repente.

—¿Tu madre está de visita?

—Sí. Le encanta el jazz. Esta vez ha venido con mi hermana pequeña. Las traería, pero no quiero molestaros.

—¿Como ya nos has molestado? —preguntó Adam en tono irónico mientras volvía a sentarse.

—No quería ser maleducado y no saludaros —contestó Dylan, que no se había ofendido—. ¿Eres italiana?

Dylan se había inclinado hacia ella, que pudo ver lo azules que eran sus ojos.

—Sí. Mi familia es de la Toscana.

—Es un país precioso. Me encantaría hacer otra película allí para empaparme de su cultura y su comida. ¿Has estado en Italia?

–No. Mi sueño es ir algún día. Mi abuela cuenta unas historias fantásticas de ese país.

–Irás. Encantado de conocerte, Mia. Adam… Que os divirtáis.

–Gracias.

Adam se levantó para estrecharle la mano. Al parecer, eran buenos amigos.

–Bueno, ahora que Dylan ha certificado que soy una buena persona, ¿volverás a bailar conmigo?

Él ya le había tomado la mano mientras la atravesaba con esos ojos metálicos. Se oía una melodía lenta y cálida por encima del murmullo de las conversaciones. La llevó el centro de la pista de baile, la estrechó contra sí y se llevó su mano al pecho.

–Gracias por no ponerte como una fan disparatada con Dylan. Ya es bastante vanidoso.

–Ha sido muy natural…

–Tiene mucho don de gentes. Seguramente, por eso lo adoran las masas.

Adam era diametralmente opuesto a Dylan. Era callado y reservado. Que ella supiera, lo único que tenían en común era que los dos vivían en Moonlight Beach y que eran multimillonarios.

–Te cae bien.

–Es un buen amigo –reconoció Adam estrechándola con más fuerza–. ¿Está pasándolo bien?

–Muy bien.

Adam le besó el pelo con delicadeza y ella se derritió entre sus brazos.

–Yo también –le susurró él al oído.

Notó los latidos de su corazón en el pecho. Mia flotaba en el aire al ritmo de la música, de las conmovedoras notas que brotaban del saxofón. Adam no se movió cuando se acabó la música. Le apartó un mechón de pelo de la cara y miró como si estuviese hecha de un material delicado y precioso. Entonces, le rozó los labios con los suyos y la dejó sin respiración. Le pasó las manos por el escote de la espalda y sintió un cosquilleo por todo el cuerpo.

Él dejó escapar un ligero sonido gutural sin dejar de besarla. Afortunadamente, estaban en la pista de baile rodeados de muchas parejas. Volvieron a la mesa, pero él no se sentó. Le tomó la cara entre las manos, le dio otro beso maravilloso y la miró a los ojos.

–Mia, tengo que llevarte a casa.

Asintió con la cabeza y con un hormigueo ardiente por todo el cuerpo.

–Cuando quieras.

El patio que había delante de su apartamento estaba tenuemente iluminado. La luna se reflejaba en un estanque y bañaba con su luz los setos de hibisco que había junto a su puerta.

–Gracias por una noche fantástica.

Él le soltó la mano que tenía agarrada y farfulló algo que ella no oyó bien. La cabeza no había dejado de darle vueltas durante el trayecto en limusina salpicado de caricias y besos sensuales que la habían elevado hasta la estratosfera.

Había vuelto a perder el ánimo y se había jurado que al día siguiente, cuando se hubiese sofocado todo ese... ardor, lo vería en un terreno neutral y le contaría la verdad.

—Los siento, ¿qué has dicho? —le preguntó ella.

Él apoyó los brazos en la puerta y la atrapó entre ellos. Su olor, ligeramente cítrico, la alteraba, tenía el cuerpo y los pensamientos en la misma sintonía que los de él. Sentía una presión en el vientre, los pechos se le habían endurecido y los pezones se le marcaban en la tela del vestido.

—Invítame a entrar, Mia.

Entonces, volvió a besarla hasta aturdirla. ¿Cómo podía sentirse tan atraída por el mismo hombre con el que se había acostado su hermana y con el que había tenido una hija? Eso no podía pasar ni iba a pasar.

Su pequeño plan estaba saliéndole mal porque no podía dejar de besar a Adam por mucho que le diera vueltas en la cabeza, no podía dejar de desearlo. Todavía no lo había invitado, ni lo había rechazado, y él seguía besándola devastadoramente, seguía provocándola y tentándola. Lo anhelaba y cuando él le puso una mano en el pecho y le acarició el pezón por encima de la ropa, se derritió por dentro y dejó escapar un susurro ronco.

—Adam...

No podía respirar, le faltaba el oxígeno y estaba en caída libre. Besaba de maravilla y, seguramente, sería un amante increíble. ¿Hacía cuánto tiempo que no la alteraban de esa manera? Era muy posible que no lo hubiesen hecho nunca.

Rebuscó en su bolso, sacó la llave y la dejó en la mano de él.

—Estás invitado.

Adam resopló con alivio y ella se apartó un poco de la pared con el cuerpo desfallecido por los besos. Entonces, se acordó de las cosas del bebé. ¿Estaba todo recogido? Hizo un repaso mental y decidió que todo estaba en orden por el momento, y eso era lo que importaba. No quería pensar más allá y tampoco podía negarle nada a Adam. Unos segundos después, estaba dentro de su apartamento y entre los brazos de él.

Si había esperado que él le arrancara la ropa, no lo hizo. Le tomó la mano y la besó con delicadeza.

—Esto es un disparate —comentó él sin apartar los labios—. No quiero apremiarte, Mia.

Adam siempre era racional. Pensaba en los sentimientos de ella incluso cuando lo dominaba la pasión. Tenía los ojos como ascuas y le ardía el cuerpo, pero se serenaba lo bastante como para cerciorarse de que no estaba aprovechándose de ella.

—No me siento apremiada, Adam —reconoció ella con la voz más suave.

Él tomó aire como si hubiese rezado para que le respondiera eso y asintió con la cabeza. Ella le bajó la chaqueta oscura de los hombros y él terminó de quitársela. No llevaba corbata y tenía desabotonado el cuello de la camisa. Lo tomó de la mano y lo llevó al sofá. Él se sentó primero y la sentó en sus rodillas.

—Eres preciosa.

La abrasó con la mirada y volvió a besarla. Ella lo agarró de los hombros y notó la calidez de su

piel por debajo de la camisa. Su fuerza la estremeció y aumentó su pasión. Él dejó escapar un sonido
gutural que le llegó a lo más hondo del corazón.
No existía nada en el mundo, solo existía Adam,
Adam, Adam.

La bajó un poco sujetándola con un brazo
mientras le cubría un pecho con la mano. Le resultó fácil bajarle el único tirante del vestido y
quitarle de paso el sujetador sin tirantes. Ella se
arqueó y él inclinó la cabeza para tomarla con la
boca, para succionarle y lamerle los pezones endu-
recidos. Mia gimió y se retorció, pero él la sujetaba
con firmeza sin dejar de acariciarla. Era como un
tormento que la dejaba sin respiración y sentía una
palpitación y una presión entre los muslos que tendría que liberarse enseguida.

Su boca abandonó el pecho y volvió a los labios
mientras le levantaba el vestido y le acariciaba el interior de los muslos. La cabeza se le llenó de unos
pensamientos placenteros mientras la presión au-
mentaba. Sus dedos se acercaron al punto crucial y
anheló que lo tocara.

—Lo deseas, ¿verdad? —preguntó él con la voz
ronca mientras la provocaba con los dedos.

—Sí, lo deseo —contestó ella con el pulso desbocado.

No iba a tener que hacer gran cosa para que re-
basara el límite, ya había llegado casi. Jamás había
estado tan compenetrada con un hombre, jamás
había reaccionado de una forma tan inmediata.
Además, no le avergonzaba que, prácticamente,
estuviese pidiéndole que la tomara.

Introdujo los dedos por debajo de las bragas y ella dio un respingo.

–Tranquila, no voy a hacerte daño.

Ella asintió con la cabeza porque no podía decir ni una palabra. Los dedos se le humedecieron y ella empezó a cimbrearse ligeramente. Las sensaciones se adueñaban de ella y se dejaba llevar. Adam la besaba con la lengua dentro de ella y sus dedos obraban maravillas, había llegado tan lejos que no podía contenerse. Se entregó y él aceleró el ritmo hasta elevarla todo lo alto que podía llegar.

Su cuerpo cedió, liberó la tensión y cerró los ojos para limitarse a sentir, y lo que sintió fue deslumbrante. Abrió los ojos y se encontró con la mirada de Adam. La avidez que se reflejaba en su rostro le indicó que estaba dispuesto a más.

Le bajó el vestido, volvió a colocarle el tirante del vestido y se levantó con ella en brazos.

–¿Dónde está el dormitorio? –le preguntó él con un susurro.

–La última puerta de la izquierda –contestó ella señalando hacia el pasillo.

–¿Qué tal estás?

–Perfecta.

Estaba deseando tenerlo dentro. Solo estaba empezando.

–Estoy de acuerdo, lo estás.

El halago le llegó al alma.

Pasó de largo el dormitorio de Rose. La puerta estaba cerrada, pero sintió una punzada de remordimiento. No quería pensar en eso en ese momento, las cosas estaban complicándose.

Se acercaron a la puerta del dormitorio... Adam se tropezó y ella cayó con él, que se quedó de rodillas.

—Lo siento, he debido de pisar algo.

La dejó con delicadeza y buscó por el suelo hasta que encontró la cosa misteriosa que había provocado la caída. Ella cerró los ojos con todas sus fuerzas.

—¿Puede saberse qué es esto?

Él levantó un muñeco de nieve de peluche con una zanahoria gigante por nariz. Era Olaf, el personaje de *Frozen*. Recordaba que Rose lo había dejado caer mientras la preparaba para llevarla a casa de su abuela. Había pensado recogerlo, pero se le había olvidado por completo.

—Es un juguete y se me olvidó recogerlo.

—¿Estás pluriempleada como canguro o tienes debilidad por los muñecos de nieve raros?

Ella suspiró, se levantó y encendió la luz. Adam la miró con los ojos entrecerrados.

—Adam, es Olaf. Es... el juguete favorito de tu hija.

Tuvo que hacer un esfuerzo sobrehumano para que Adam se sentara a la mesa de la cocina y ella pudiera explicárselo. Notaba su mirada clavada en su espalda mientras preparaba la cafetera. No dejaba de mirarla como si fuera una extraterrestre.

—Es una broma, ¿verdad, Mia?

—No es una broma, tienes una hija.

Él sacudió la cabeza con incredulidad.

–Estoy esperando una explicación. No puedes soltarme a bocajarro que tengo una hija y luego decidir que tenemos que hablarlo tomando un café, como si estuviésemos hablando del tiempo. Por todos los santos, Mia. Ha habido gente que ha intentado meterse en mi vida e invadir mi privacidad. Reconozco que lo has hecho muy bien, que has conseguido captar mi atención, aunque te haya dolido y hayas tenido que sangrar un poco. Me has engañado. Ahora, di qué quieres para que podamos acabar con esto.

Ella giró la cabeza con los ojos como ascuas.

–No estoy intentando engañarte ni invadir tu preciada privacidad, Adam. Además, no dirías eso si conocieras a Rose. Ese bebé es la cosa más dulce que hay en el mundo –Mia se aplacó porque no quería enfrentarse a él–. Tenemos que hablarlo con calma, racionalmente.

–¿Por qué sabes que tengo una hija? ¿Qué relación tiene contigo?

–Es… mi sobrina.

–¿Tu sobrina? –preguntó Adam con un chillido.

–Sí, mi sobrina. Hace un año, más o menos, estuviste algún tiempo con mi hermana. Se llamaba Anna Burkel.

Adam frunció el ceño y miró hacia otro lado como si estuviese intentando hacer memoria.

–Era guapa, con el pelo rubio oscuro y… pasaste una noche con ella.

Adam se dio la vuelta y la miró parpadeando.

–¿Es tu hermana?

Mia, con la mano temblorosa, sirvió dos tazas de café y las llevó a la mesa de su pequeña cocina.

–Sí, era mi hermana.

–¿Era?

–Murió después de dar a luz a Rose, fue un parto muy complicado.

Adam no le ofreció sus condolencias. La miraba fijamente, pero no la veía, estaba perplejo.

–Sigue, Mia, no consigo entenderlo.

El corazón se le aceleró. La cosa no iba bien y, probablemente, iría a peor.

–Intentaré explicártelo. Cuando conociste a Anna, estaba en un momento muy bajo. Estaba enamorada de Edward, su prometido desde hacía dos años. Habían pensado casarse ese verano, pero Edward, de repente, rompió con ella. No creo que te lo contara… aquella noche.

–No, no me lo contó. Solo recuerdo que parecía… sola. Fue en un museo a primera hora, cuando acababan de abrir –él volvió a mirar por la ventana hacia el cielo oscuro–. Voy muy de vez en cuando, pero ella también estaba allí y los dos nos quedamos cautivados por la misma obra. Dijo algo sobre el artista que me intrigó, parecía como si supiera mucho de arte. Teníamos eso en común. Empezamos a conversar y acabamos pasando el día juntos. ¿Estás diciéndome que esa noche se quedó embarazada?

–Eso parece.

–¿Eso parece? ¿Qué es eso, Mia? Sí o no –él se levantó de su asiento y empezó a ir de un lado a otro–. ¿Estás intentando volverme loco?

–¡No! ¡No estoy haciendo eso! Y sí, esa noche se quedó embarazada.

–Entonces, ¿por qué no me buscó para decirme que estaba esperando un hijo mío?

–No le dijo a nadie que estaba embarazada, ni siquiera a su prometido .Volvió con Edward un mes después y…

Reconocerlo era más difícil de lo que se había imaginado. Decirlo con palabras hacía que su hermana pareciera una maniobrera. Lo que había hecho estaba mal y ella se había quedado atónita al enterarse de la verdad en su lecho de muerte, pero ¿cómo podía reprochárselo a su hermana en este momento? Había pagado un precio desorbitado, había muerto antes de llegar a conocer a su preciosa hija.

–¿Y fingió que el hijo era de él? –preguntó Adam con una mueca.

Mia asintió con la cabeza y él dejo de ir de un lado a otro y cerró los ojos como si intentara asimilarlo todo.

–Yo no estoy convencido de que esa niña sea mía. ¿Cómo puedes estar tan segura tú?

–Porque mi hermana estaba muriéndose cuando me lo confesó, Adam.

–¿Y?

–Si eso no es suficiente, Rose tiene los mismo ojos que tú –contestó ella con indignación.

Había que contarle muchas cosas y ella no había previsto que se enterara de esa manera… de casualidad. Habría sido mucho mejor que hubiese podido confesarle la verdad durante una conversación larga y emotiva, como ella había esperado.

–¿Cuántos años tiene el bebé? –preguntó él.

–Rose tiene cuatro meses.

Su puso en jarras, como un pistolero que se enfrentaba a su enemigo.

–¿Cuatro meses? ¿La niña tiene cuatro meses? –volvió a ir de un lado a otro y a ella le pareció que su cabeza podría empezar a echar humo en cualquier momento–. Entonces, ¿qué fue todo esto, Mia? –él hizo un gesto que abarcaba el sofá donde ella se había desarbolado en sus manos y el resto del apartamento–. ¿Intentabas suavizar el golpe? Lo haces muy bien, Mia, diría que eres una profesional.

Mia se dirigió hacia él con los nervios a flor de piel.

–No me insultes, Adam, eso no da resultado conmigo.

La habían llamado de todo en el instituto después de que su padre hubiese deshonrado el apellido Burkel. Le había dolido de una forma inimaginable y se había sentido sucia y avergonzada. James Burkel se lo merecía, pero no el resto de la familia. Ellas también habían sido unas víctimas inocentes.

–Pues me engañaste muy bien –Adam abrió los ojos y la señaló con un dedo–. ¿Pusiste esa botella rota en la playa para conocerme?

–No seas tan vanidoso, Adam. Es verdad que quería conocerte, pero fue un accidente.

–Pero dio buen resultado, ¿no?

–Sí, me vino bien –tuvo que reconocer ella.

–¿Para qué? ¿Querías alterarme de todas las formas posibles? Y no me refiero al sexo, aunque, después de esta noche, si el río suena…

La furia se adueñó de Mia y levantó una mano para abofetearlo. Él la miró fijamente y ella volvió a bajar la mano.

Él captó lo que le había dolido y reculó un poco.

—Te pido perdón por eso, pero dime por qué esperaste cuatro meses y por qué no me hablaste inmediatamente de Rose cuando nos conocimos.

—Para empezar, mi hermana murió antes de que pudiera darme mucha información. Me dijo tu nombre y que eras arquitecto. ¿Sabes cuántos Adam Chase hay en Estados Unidos? Por lógica, los reduje a un puñado, hasta que encontré una foto reciente de ti… No eres muy aficionado a salir en la prensa, ¿verdad? Cuando vi tu foto, cuando vi tus ojos, entonces supe que Rose tenía que ser tuya.

—¿Qué más?

—Nada más. ¿Te parece poco? Yo tenía razón, estuviste con mi hermana.

—¿Y qué pasa con ese tal Edward? ¿Sigue creyendo que el bebé es suyo?

Ella dejó escapar un suspiro de agotamiento. Había sido un día agotador y tenía los nervios de punta.

—No, Anna me encargó que se lo dijera. Él no me creyó al principio y lo entendí. No quería creérselo. Ya se había reconciliado con Anna. Cuando supo el resultado de la prueba de ADN, se quedó devastado. Había perdido a Rose y luego se había enterado de que Rose no era suya… Yo he estado criándola desde entonces.

—¿Dónde está ahora el bebé?

—Con mi abuela —Mia dejó de mirar a Adam y

60

miró el reloj de pared–. Tengo que ir a recogerla enseguida. Estará profundamente dormida.

–Mia, quiero verla mañana por la mañana, a primera hora.

Era la primera vez que Adam Chase le daba una orden en ese tono tajante.

–Tengo que organizarlo. Me esperan en el trabajo, pero estaré allí.

–Eso espero. ¿Quién se ocupa del bebé cuando estás trabajando?

–Yo. Tenerla todo el día es demasiado para mi abuela. La llevo a la tienda y se porta muy bien. Algunos días trabajo media jornada o trabajo desde casa.

–Todavía no me has explicado por qué tardaste tanto en contarme este pequeño secreto. ¿Por qué no me lo contaste inmediatamente?

Él tenía los ojos clavados en ella y estaba claro que no iba a quedarse sin una respuesta. Podría decirle que estaba fascinada e hipnotizada por él, pero eso solo complicaría el problema.

–No va a gustarte –contestó ella con las manos sudorosas.

–No ha habido nada que me gustara esta noche, ¿por qué íbamos a cambiar ahora?

Otro revés despiadado. Ella sí sentía algo por Adam Chase, pero no era correspondida. Sin embargo, eso era otro asunto.

–Rose es lo único que me queda de mi hermana, es inteligente, guapa e increíble. Moriría por ella, Adam. No podría entregársela a un desconocido, tenía que llegar a conocerte como persona.

–Por eso me hacías todas esas preguntas…

–Sí, pero no contabas nada de ti mismo. Aparte de que eres un gran arquitecto y de que sabes usar muy bien el botiquín.

A él se le escapó una risa gutural y a ella se le puso la carne de gallina.

–Tienes que estar de broma. ¿Estabas juzgándome? Si Rose es hija mía, ¿por qué no me lo dijiste inmediatamente?

Tenía que conseguir que entrara en razón. Entonces, no la condenaría por lo que había hecho. Tenía que entender que solo pensaba en el bienestar del bebé.

–Porque solo quería proteger a Rose. Piénsalo, Adam. Solo sabía que te habías acostado una noche con mi hermana, y eso no te convierte en un buen padre. Tenía que cerciorarme de que no eras…

–¿Qué? ¿Un asesino? ¿Un delincuente? –preguntó él congestionado por la indignación.

–Bueno… Es posible. Tenía que saber si eras un majadero, un fracasado o algo así.

Él abrió los ojos como platos.

–Entonces, te convertiste en jueza. ¿He superado la prueba? Creo que sí porque dejaste que prácticamente… –Adam le miró su vestido desaliñado–. Da igual. No puedo creérmelo –añadió él pasándose los dedos por el pelo.

–Iba a habértelo dicho esta noche. Lo tenía todo pensado, pero no dejaron de interrumpirnos.

–Es posible que no me hubiese enterado de la verdad si no me hubiese tropezado con ese juguete.

–¿Que tienes una hija?

—Eso está todavía por ver. Me refería a que no me habría enterado de lo mentirosa que eres.

Adam tomó la chaqueta, que estaba en el sofá, y se dirigió hacia la puerta de la casa. Agarró el picaporte y se quedó mirando la puerta para no mirarla a ella ni un segundo más.

—Llévala a mi casa mañana por la mañana. Si no la llevas, iré a por ella.

—Estaremos allí, Adam.

Adam se marchó y el portazo hizo que diera un respingo. Su plan para ponerlo a prueba como padre había sido un fracaso monumental.

Capítulo Cinco

Adam miró por la ventana y vio el cielo encapotado de la mañana. Le escocían los ojos. Los cerró y volvió a dejarse caer en el colchón. Sentía unos martillazos en la cabeza, pero no podía hacerles caso. Tenía que pensar en cosas más importantes que su resaca. La noche anterior había bebido demasiado vodka. Volvería a encontrarse cara a cara con Mia dentro de unas horas. La mentirosa, la mujer que le había engañado. Él había bajado la guardia, como hizo con Jacqueline, y así había acabado. Le había entregado su corazón y su confianza y ella había roto con él y se había enamorado perdidamente de su hermano, maravilloso…

Se pellizcó el puente de la nariz y tomó aire.

No se fiaba de Mia D'Angelo y podía deshacerse de ella, pero la niña era otro asunto. Si era suya, haría las cosas como había que hacerlas. La noche anterior, antes de que se diera a la bebida, había empezado a preguntar qué derechos tenía y quién era Mia en realidad.

Cada vez se acordaba mejor de la noche que había pasado con Anna. Fue en el aniversario de la muerte de su hermana, acaecida hacía unos veinte años. Había salido porque quedarse en casa hacía que pensara demasiado en Lily y que lo corroyera el remordimiento. Por eso, había acabado en el museo, había conocido a una mujer que estaba igual de sola y habían pasado un rato agradable. Nada del otro mundo y, además, los dos habían coincidido en que lo mejor sería que no volvieran a verse. Ni siquiera se habían dado el número de teléfono. Casi no habían sabido cómo se llamaban, había sido una aventura impetuosa.

Llamaron a la puerta y le pareció un estruendo.

—Soy Mary y te traigo algo para que te sientas mejor.

—Pasa.

Tenía la cabeza como un bombo y vio un zumo de tomate con un tallo de apio.

—Me ha parecido que esto podría sentarte bien. Vi una botella de vodka vacía en la encimera…

—Gracias. Es exactamente lo que necesito.

—¿Una noche mala o una increíblemente buena? —preguntó ella mientras le entregaba el vaso.

—Un poco de todo —contestó él dando un sorbo y señalándole una butaca—. Tengo que contarte una cosa. Hoy vamos a tener dos visitas…

Dos horas más tarde, Adam salió de su dormitorio duchado y vestido con unos vaqueros y un polo azul. Estaba demasiado nervioso para desayunar y la resaca no le permitía nadar un rato, como todas las mañanas. Se sirvió una taza de café y miró las olas que rompían en la playa. Dio un sorbo de café.

La última vez que había pensado en ser padre estaba planteándose pedirle a Jacqueline que se casara con él. Se había enamorado de ella y creía que se compenetraban… y había querido que pasaran juntos el resto de sus vidas. Se había quedado sin palabras cuando Jacqueline rompió con él… y poco después se enteró por casualidad de que se había enamorado de Brandon.

Brandon tampoco había durado mucho con Jacqueline, quien lo dejó a los tres años, y acabó casándose con un profesor universitario.

La voz de Mary lo sobresaltó.

—Adam, ya han llegado.

Se dio media vuelta y vio a Mia con el bebé en brazos. Detrás, las cortinas ondeaban al viento como si enmarcaran una Virgen con su hijo. Contuvo la respiración y se quedó rígido. Las dos iban de rosa. Mia llevaba una falda larga con flores y una blusa. El bebé iba envuelto en una manta liviana y solo asomaba la cara con el pelo rubio como la arena. Eso era lo único que podía ver de ella desde esa distancia. Mia miró a la niña con los ojos rebosantes de adoración y a él se le encogieron las entrañas. No parecía la mentirosa que le había parecido la noche anterior, pero podía ser una cazafortunas, podría haberlo tramado todo después de que se enterara de que había tenido una aventura con su hermana. El bebé podía ser una marioneta, tenía que tenerlo presente.

Miró a Mary, quien estaba al lado de ellos con una mano en el corazón y mirando al bebé con ternura.

—Ya me ocuparé yo, Mary. Gracias.

—Sí, gracias, Mary.

Las dos mujeres se intercambiaron una mirada.

—Es preciosa.

—Sí, lo es —reconoció Mia.

—Os dejaré para que lo habléis.

Adam esperó a que Mary se marchara para dejar la taza de café y acercarse a ellas. Mia acunó posesivamente al bebé y levantó la barbilla con un repentino gesto desafiante.

Miró a Mia y giró un poco la cabeza para mirar la cara del bebé. Unos ojos grises con un cerco azulado lo miraron a él. Se le encogió el corazón. Efectivamente, tenía los mismos ojos que él.

—Es Rose…

Adam asintió con la cabeza y un nudo en la garganta.

—Nació el uno de mayo.

Mia desplegó la manta para enseñarle su cuerpecito regordete con un vestido con volantes color caramelo y unos zapatos y unos calcetines a juego.

—Pesó tres kilos y medio al nacer y ya ha doblado casi ese peso.

—Es preciosa —comentó. Fuese suya o no, no podía negar la verdad—. Vamos adentro.

—Buena idea. Seguramente, habrá que cambiarle los pañales enseguida. Me parece que está un poco mojada.

Adam hizo un gesto para que pasara ella por delante. Entraron en un cuarto lleno de sofás, mesas y obras de arte. Unas puertas acristaladas se abrían en semicírculo con vistas a la playa.

—¿Dónde quieres cambiarla? —le preguntó Adam.

—En el suelo es lo mejor. Empieza a moverse mucho y es más seguro para ella que ponerla en el sofá. Pásame un pañal.

Adam sacó las cosas de una bolsa mientras ella se arrodillaba en el suelo, extendía una manta y ponía a Rose encima.

—Muy bien, mi melocotón. Vamos a cambiarte…

El bebé esbozó una sonrisa desdentada y Adam también tuvo que sonreír. Era cautivadora. Mia le dio un beso en la frente.

—Primero quitamos los pololos —Mia se los bajó por las rollizas piernecitas—. Luego, el pañal.

El bebé daba patadas mientras se movía en todas direcciones. Adam se fijó en algo que tenía en la parte de atrás de una pierna. Eran unas marcas marrones que formaban un triángulo. Mia le puso una mano en el abdomen para sujetarla mientras limpiaba la zona con una toallita. Adam se arrodilló al lado de ella para ver mejor esa marca.

—¿Qué es eso que tiene en la pierna?

Mia dio la vuelta al bebé para enseñárselo.

—¿Esto? No es nada. La pediatra dijo que es una mancha de nacimiento, que se le irá borrando hasta que no se vea casi.

—Entiendo…

La mancha de nacimiento le había sorprendido. Hasta ese momento, no había estado convencido, los ojos grises no eran una prueba suficiente, pero esa mancha de nacimiento… Era algo que no podía pasar por alto. Él había nacido con la misma mancha en el mismo sitio.

—Yo tengo la misma mancha, Mia.

Ella parpadeó.

—Aun así, quiero la prueba de ADN —su abogado le había dicho que necesitaba la prueba médica por motivos legales—. Sin embargo, ahora estoy seguro de que Rose es hija mía.

Era lo que ella quería, pero ¿qué pasaría a partir de ese momento? ¿Cómo deberían actuar? Adam no había dicho nada sobre lo que pensaba hacer, aunque sí había hecho infinidad de preguntas sobre Rose. ¿Cómo era? ¿Dormía toda la noche de un tirón? ¿Había estado enferma alguna vez? ¿Qué le gustaba comer?

Ella contestó con tranquilidad y paciencia mientras estaban sentados en el sofá que miraba al Pacífico. Adam la miró embobado mientras daba el biberón a su hija y le tomó un mechón rubio entre los dedos.

—Ha sido buena, ¿verdad?

—Suele ser muy buena y hay pocas cosas que la alteren. Solo chilla cuando está cansada, pero la acuno para que se duerma y eso la tranquiliza.

—¿Le cantas?

—Lo intento. Afortunadamente, no tiene criterio.

Adam se rio tan sonoramente que ella habría sonreído si la situación lo hubiese permitido.

—Me gustaría tomarla en brazos cuando haya terminado el biberón.

Mia tomó aire. Se le revolvían las entrañas solo de pensar en entregársela, aunque fuese un rato. Pronto la perdería y él se la quedaría para siempre. Tendría derecho a verla de vez en cuando, pero no sería lo mismo que criarla día a día, nada volvería a ser lo mismo.

–Claro.

El bebé sorbió las últimas gotas y ella la sentó en las rodillas para que soltara y aire y le explicó a Adam cómo tenía que ponerla en la posición adecuada. Rose eructó y ella sonrió.

–Así me gusta…

Abrazó a Rose contra el pecho, le dio un beso en la frente y se giró hacia Adam.

–¿Estás preparado?

–Sí, pero no he tenido un bebé en brazos desde que nació mi hermana, y yo era un niño.

–Extiende los brazos y te la daré.

Él lo hizo y ella le dejó a Rose en los brazos. Mia colocó la mano de Adam debajo del cuello del bebé y le separó los dedos. Él la miró, sus miradas se encontraron un segundo y volvió a concentrarse en el bebé.

Rose se retorció en sus brazos con la cara roja como un tomate, abrió la boca y dejó escapar un chillido ensordecedor.

–¿Qué hago?

–Intenta acunarla.

La acunó, pero no sirvió de nada.

–¿Qué hago mal?

–Nada –contestó Mia–. Es que no te conoce.

Los chillidos de Rose eran cada vez más fuertes. Mia recogió a Rose y Adam se la devolvió encantado de la vida.

–No sé qué he hecho para alterarla.

–No has hecho nada mal.

Mia se la llevó a un hombro y empezó a acunarla. Rose se calló.

Adam miró a su hija con un brillo en los ojos. Abrió la boca para decir algo, pero volvió a cerrarla. No estaba preparado para tener un bebé en esa casa y tampoco sabía qué hacer con ella.

–Quiero verla mañana. Quiero que me conozca.

–Me pasaré otra vez. ¿A la misma hora?

Él asintió con la cabeza y le ayudó a guardar las cosas del bebé. La miró fascinado mientras ataba a Rose en la sillita.

–Tienes que enseñarme a hacer eso.

–No es difícil. Mañana la atarás tú.

–De acuerdo.

Cuando llegaron al coche, ella colocó la silla y se cercioró de que estaba bien sujeta.

–Ya está, pequeña.

–¿Va de espaldas? –preguntó Adam.

–Sí, hasta que sea bastante mayor.

–Supongo que tengo que aprender muchas cosas –comentó él encogiéndose de hombros.

–A mí vas a decírmelo. Estaba aterrada cuando me la llevé de casa de Edward.

Adam volvió a mirarla. Era posible que él no la hubiese compadecido por lo que había pasado al perder a su hermana, al decirle a Edward la verdad y al haber criado a Rose durante esos meses.

–Te llamaré esta noche –le avisó Adam.

–¿Para qué?

–Es mi hija, Mia, y ya me he perdido bastantes cosas con ella –contestó él sin disimular el tono acusatorio–. Quiero saberlo todo sobre ella.

Efectivamente, no la compadecía.

Se puso en marcha y él se quedó en el camino

mirándola con las manos en los bolsillos como si hubiese perdido al mejor amigo.

–Buenos días, Mia. Malas noticias. El cohete vuelve a estar averiado –le saludó Sherry mientras la abría la puerta trasera de First Clips.

La peluquería, en la calle más comercial de Santa Mónica, atendía a los niños más selectos entre un año y doce.

–¿Qué te parece que yo me ocupe del bebé mientras tú haces milagros con esa máquina infernal? –añadió la empleada.

–Me gustaría que Rena y tú aprendierais a arreglar ese maldito cacharro. Solo hay que cambiar los fusibles.

–Puedo apaciguar a un niño y cortarle el pelo al mismísimo diablo, Mia, pero ya sabes que la mecánica no se me da bien. Afortunadamente, nuestro próximo cliente no llegará hasta dentro de quince minutos. Además, se sentará en el trono de la princesa.

A Rose le encantaba ver las luces que se encendían y apagaban en la aeronave, pero también le encantaban las diademas y las varitas con luces que usaban las niñas cuando se sentaban en el trono.

Mia le entregó la silla del coche con el bebé.

–Toma. La tía Sherry te cuidará mientras yo hago que las luces vuelvan a funcionar.

–Hola, Rosy Posy. ¿Qué tal está hoy mi angelito?

Rose murmuró algo a su tía Sherry, quien llevaba un vestido morado de doncella con mangas blancas con volantes. Llevaba el tupido pelo rubio recogido en un moño alto y parecía preparada para peinar al miembro más refinado de la realeza. Sherry era una estilista extraordinaria.

Mia se puso a arreglar el salpicadero del cohete y tardó cinco minutos en cambiar los fusibles. Cuando terminó, encontró a Sherry que acunaba a Rose para que se durmiera en la oficina, que también era la guardería del bebé.

La dos fueron a una pequeña sala que consistía en un mullido sofá de cuero y una encimera con una cafetera encima y una pequeña nevera debajo.

—Es un encanto —comentó Sherry.

Mia sonrió y sacó dos tazas.

—Con todo el mundo menos con su padre.

Entregó una taza humeante a Sherry, tomó la otra y se sentaron con las tazas en el regazo.

—¿Todavía? ¿Cuántos días han pasado?

—Hoy hace cuatro. No le toma cariño y creo que él está desesperado. Piensa que si lo viera durante más tiempo, se acostumbraría a él. Además, él también tiene que acostumbrarse a ella. Está muy inseguro cuando la toma en brazos.

—No parece que un hombre tan rico como él pueda sentirse inseguro por algo.

—Los bebés no se parecen a nada —Mia dio un sorbo de café—. Desarman a la mayoría de los hombres. Da igual lo ricos o poderosos que sean, los bebés tienen algo que les asusta. Les parecen unas criaturas muy frágiles. Y ¿qué pasa con Adam?

—¿Qué quieres decir?

—Dijiste que no sale mucho, que es una especie

de ermitaño que se pasa todo el día pegado a un ordenador. ¿Es un bicho raro?

—No, ni mucho menos.

No podía quitarse de la cabeza la imagen de Adam al salir del mar bronceado, con esos hombros enormes, los poderosos brazos y las gotas de agua cayéndole por el cuerpo.

Rena entró en el cuarto con un mono plateado. Era la capitana de la nave espacial.

—Llego justo a tiempo —comentó mientras se servía una taza de café—. Háblanos más de Adam.

—Ya sabéis todo lo que puedo decir. Desenchufó en cuanto le dije de quién era. Me dejó al margen. Solo le interesa Rose y, en este momento, ella no está nada colaboradora. Es triste ver los ojos de decepción de él cada vez que nos marchamos.

—¿Desenchufó? ¿Quiere decir eso que en algún momento estuvo enchufado? —le preguntó Sherry.

Mia se frotó las sienes. No les había contado que había salido con Adam y se habían besado... ni que la había... desnudado en el sofá de su casa. Le parecía que habían pasado siglos, no días. Tampoco podía contarle a su madre lo que pasó aquella noche.

—Bueno, es posible... Como ya os conté, pasamos algún tiempo juntos. Yo estaba intentando saber cómo era y, efectivamente, juzgarlo para comprobar si era digno de Rose.

—Hiciste bien —comentó Sherry.

—No ibas a soltarla y a esperar que todo saliera bien... —añadió Rena.

—Gracias por el apoyo, es vital para mí, pero,

desgraciadamente, Adam no opina lo mismo. Además, bueno, llegué a creer que podríamos haber tenido algo... especial.

Dos pares de ojos se clavaron en ella a la espera de alguna noticia jugosa.

—Digamos que del uno al diez, nuestra cita fue un once —siguió Mia—. Sé lo suficiente como para creer que no fue unilateral. Es muy cautivador cuando baja la guardia.

—¡No nos habías contado que habías salido con él! —se quejó Rena.

—¿Hubo flores y bombones? —preguntó Sherry.

—Más bien, una cena increíble y mucho baile —contestó Mia.

—¿Muy agarrados y con susurros en la oreja? —preguntó Rena.

Mia asintió con la cabeza.

—¿Y algún beso de despedida?

—Mia, ¿lo hiciste con él? —le preguntó Sherry mirando a Rena con un brillo en los ojos.

—Claro que no.

Pero casi, quiso añadir ella. No estaba preparada para contarles que había estado a punto de entregarle su corazón y su cuerpo. Aquella noche perdió la cabeza y la pasión se adueñó de ella. ¿Lo había hecho por desesperación o por otra cosa?

Se le hundieron los hombros y se apagó el brillo de los ojos de sus amigas. Su vida amorosa les decepcionaba, pero también le decepcionaba a ella.

—Es asquerosamente rico —comentó Rena.

—Y guapo como una estrella de cine —añadió Sherry—. No te lo reprocharíamos.

–Ni te juzgaríamos –siguió Rena–. Lo has pasado mal últimamente.

–Sois las mejores, pero él es el padre de Rose y tengo que medir mis pasos de ahora en adelante. El porvenir de ella está en juego, y eso es lo único que me importa en este momento.

–Llegas tarde –gruñó Adam mientras le abría la puerta del coche.

Tenía los nervios de punta y ese saludo tan agradable se los alteró más todavía.

–Solo quince minutos. Es viernes por la noche y la autopista estaba atascada.

Mia se bajó del coche con la bolsa de pañales. Adam se rascó la cabeza.

–Si me dejaras mandarte un coche para que te recogiera, no pasarían estas cosas.

–Adam, ya hemos hablado de esto. ¿Acaso tu coche vuela por encima del tráfico? Estoy segura de que si tuvieses uno que lo hiciera, habrías sustituido al Rolls Royce en tu museo.

Adam cerró la boca y apretó los dientes. ¿Acaso no le gustaba su actitud? A ella tampoco le encantaba la de él. Su jornada de trabajo había sido muy larga, había salido corriendo de la peluquería para llegar puntual allí, se había encontrado con un tráfico espantoso, y, una vez allí, él estaba esperándola fuera como un padre iracundo y el fastidio reflejado en todos los rincones de su cara. ¿Dónde estaba ese hombre tan maravilloso que había conocido en la playa?

—Vamos adentro.

Fue a tomar la silla del bebé, pero Rose estaba despierta y lo miraba fijamente. Un movimiento en falso haría que empezara a berrear. Volvió a captar la decepción en sus ojos mientras le tomaba la bolsa con los pañales y el bolso. Lo siguió hasta la sala. Eran más de las seis, una hora preciosa en la playa.

—Puedo cerrar las puertas si hace frío para el bebé.

—No, está bien. Le vendrá bien un poco de aire fresco.

Como a ella, que tenía los nervios de punta y necesitaba esa temperatura para sofocar la impaciencia creciente que le producía Adam. Soltó a Rose cuando estuvieron sentados y la levantó.

—Ya está, mi melocotón.

Mia le dio un beso en cada mejilla y Rose abrió la boca para esbozar una sonrisa desdentada. Luego, la sentó en sus rodillas y la acunó rodeada por un brazo. Adam las miraba con anhelo y ella sintió una punzada de remordimiento. Él anhelaba tener algún vínculo con Rose y ella no estaba haciendo nada.

—Me gustaría tenerla en brazos —comentó él.

—Muy bien. Siéntate a mi lado primero.

Lo hizo y su olor a mar y a arena la dejó desarmada. Ojalá no la atrajera tanto…

—Vamos a darle unos minutos —siguió ella.

—De acuerdo.

—Háblame para que vuelva a acostumbrarse al sonido de tu voz.

Ya lo habían hecho antes y no había dado resultado, pero también era posible que esa noche todo fuese distinto.

—¿Qué te gustaría saber?

—Todo, pero puedes empezar contándome qué tal te ha ido el día.

Adam titubeó. Tenía el rostro tenso y ella pudo ver que se debatía hasta que acabó abriéndose.

—Bueno, esta mañana, después de que te marcharas, fui a nadar, como de costumbre. Después, he trabajado, como siempre. He estado dibujando un poco y he contestado algunas llamadas. Fui unas horas al estudio y volví a tiempo para encontrarme contigo.

—No dudaste en reñirme por haberme retrasado.

Adam la miró, se levantó del sofá y fue hasta las puertas acristaladas pasándose las manos por el pelo. Cuando se dio la vuelta, sus ojos eran como dos nubarrones atormentados.

—Lo siento. Estaba preocupado por ella. No sabes cuánto me gustaría formar parte de su vida… Ya me he perdido sus primeros cuatro meses y no quiero perderme ni un minuto más.

—Puedo entenderlo.

—Me siento mucho mejor si entiendes que quiera conocer a mi hija. Quiero amarla y protegerla.

—Adam…

—Déjame que la tome en brazos, Mia.

—Vamos a jugar con ella antes. Le encanta jugar a cucú. A lo mejor te toma cariño…

—De acuerdo –él suavizó el tono–. ¿Cómo se juega?

—Te enseñaré –Mia tumbó el bebé en el suelo

sobre una manta–. ¿Quieres jugar a cucú, mi melocotón? –Rose la miró como si previera algo más divertido que un cambio de pañales–. Baja aquí conmigo, Adam.

Adam se puso al lado de ella y sus muslos se rozaron. Mia sintió una descarga.

–Toma la bolsa y dame otra manta –le ordenó ella.

Adam rebuscó en la bolsa y la sacó.

–¿Esta?

–Sí, gracias –contestó ella suavizando el tono–. Ahora, mira.

Mia acercó la manta a la cara de Rose para que no pudiera verlos, la dejó ahí unos segundos y la retiró de repente

–¡Cucú!

Rose empezó a reírse con un sonido celestial.

–¿Lo ves? Le encanta este juego. Ahora, hazlo tú, Adam –le propuso Mia dándole la manta.

–De acuerdo, lo intentaré –Adam hizo los mismos movimientos–. ¡Cucú!

Rose lo miró, hizo una mueca, que no fue una sonrisa de verdad, y empezó a dar patadas, algo que hacía cuando se emocionaba.

–Inténtalo otra vez. Al menos, no está llorando.

–De acuerdo.

Repitió todo el proceso y el bebé lo miró detenidamente, como si no pudiera interpretarlo.

–Ahora, voy a tomarla en brazos –comentó Adam mientras le levantaba con delicadeza–. Muy bien, Rose…

Rose, como si por fin se hubiese dado cuenta de

lo que estaba pasando, se revolvió entre sus brazos y se puso rígida. Adam la agarró antes de que se le cayera, pero ella extendió los brazos hacia Mia y empezó a gritar.

—¡Rose! —exclamó Mia mientras se levantaba de un salto.

Adam la sujetó con más fuerza todavía.

—Déjamela, Mia. Andaremos un poco y le hablaré. No puede llorar toda la vida.

Mia se mordió el labio inferior. Era una tortura ver a Rose que lloraba y que alargaba los brazos hacia ella como si estuviese desesperada.

—Podría durar más de lo que te imaginas.

—Sé positiva, Mia. ¿No es eso lo que me dices a mí?

—Pero está llorando por mí.

—Es posible que no lo hiciera si no te viese. La llevaré con Mary.

Fue a la cocina con el bebé entre los brazos.

—¡Cántale! —le gritó Mia—. ¡Le encanta la música!

Adam salió del cuarto y ella cerró los ojos, pero eso no impidió que oyera el llanto del bebé por encima de la canción para niños que estaba cantándole Adam. El corazón se le encogió y se mordió otra vez el labio inferior para no llamarla. No podía soportarlo y salió por la puerta acristalada.

Mia se sentó a la mesa enfrente de Adam. Rose dormía sobre sus mantas en el suelo de la sala. Mia dio vueltas en el plato al pollo a la florentina. Mary se había esmerado con la cena, pero el silencio de

Adam y su gesto serio le quitaban el apetito. Adam tampoco había probado la comida. Tenía la mirada perdida en el mar, en la marea que subía. Le llegó una brisa desde la zona abierta de la cocina y se estremeció. Adam la miró, pero ella sacudió la cabeza. No tenía frío, al menos, no por el viento.

–Tampoco quería ir con Mary –comentó Adam como perplejo–. Y a Mary se le dan bien los niños.

–Lo sé. Ya oí a Mary que intentaba calmarla.

–Lloró veinte minutos en mis brazos e intenté de todo.

La había cantado, la había acunado, la había sacado para que viera la playa, se había sentado en un balancín y se había columpiado sujetándola para que no se le escapara.

Mia se había escondido aunque la había vigilado a hurtadillas. No podía evitar preocuparse por Rose. Se había ocupado de todas sus necesidades durante cuatro meses. Habían sido veinte minutos muy angustiosos para él.

–Está demasiado apegada a ti, Mia.

–¿Qué quieres decir? –preguntó ella con indignación.

–Que quiero que mi hija me conozca.

–Dale tiempo, Adam.

–No paras de decir eso. ¿Hasta cuándo? Cuanto más tiempo pase contigo, y solo contigo, más apegada estará. ¿No te parece evidente?

–No, no es evidente. Te tomará cariño. Este sitio es desconocido para ella y solo te conoce desde hace unos días. Le gusta estar con Sherry y Rena en la peluquería, sé que no quiere estar solo conmigo.

—¿Debería tranquilizarme saber que mi hija se va con unas desconocidas y no deja que su padre la tenga en brazos ni un minuto?

—Sherry y Rena no son unas desconocidas, son su familia.

—Yo soy su familia, Mia —replicó Adam con el rostro congestionado.

Esa noche no estaba saliendo bien. Tenía el estómago encogido y el miedo le ponía los nervios de punta.

Adam se levantó y se pasó las manos por el pelo. Siempre hacía lo mismo cuando estaba alterado. Se le despeinaron algunos mechones rubios, lo quedaba atractivo en él.

—Solo hay una solución, Mia.

Ella apretó los labios dominada por el pánico.

—Rose tiene que vivir aquí conmigo.

Sus peores temores estaban haciéndose realidad. Sabía que ese día acabaría llegando, pero oírselo decir la desgarraba por dentro.

—No.

—¿No? Mia, tiene que estar conmigo. Ya me he perdido mucho tiempo, cuatro meses para ser exactos. Es posible que no sea un padre perfecto en este momento, pero tengo que seguir intentándolo. Sé que si está aquí, acabará aceptándome antes. Te prometo que podrás visitarla siempre que quieras.

Le escocieron los ojos, las lágrimas que intentaba contener eran como lava al rojo vivo. Le temblaban el cuerpo y los labios.

—No, Adam, no puedo dejarla.

Adam la observó con detenimiento. Eso era muy doloroso. Ella intentaba ser valiente, mantenerse firme, pero estaba a punto de desmoronarse y empezaría a llorar en cualquier momento.

—Te contrataré de canguro —replicó él con delicadeza.

—¿De canguro? —Mia se agarró a la mesa—. ¿Quieres pagarme para que me ocupe de mi maravillosa sobrina, de mi propia sangre?

—¿Tienes una idea mejor, Mia?

—Gracias, pero ya tengo trabajo. Soy la propietaria de First Clips y me necesitan allí.

Él apretó los labios y sus ojos se convirtieron en dos nubarrones tormentosos. Era como si se hubiese desatado una batalla dentro de su cabeza. Pasaron los segundos hasta que acabó dejando escapar un suspiro como si hubiese perdido algo muy valioso.

—Muy bien. Entonces, ven a vivir conmigo.

—¿A vivir contigo? Es imposible…

—No tengo otra alternativa. Si quiero que Rose viva aquí…

—Tendrás que cargar conmigo.

—No pongas palabras en mi boca, Mia —Adam sacudió la cabeza—. No sabes lo importante que es esto para mí. Si no lo fuera, ni se me pasaría por la cabeza invitarte a mi casa.

—Pero viviremos juntos…

Ella captó el estremecimiento de él. Adam no quería eso más que ella.

—Es una casa grande y la solución a un problema. Venid a vivir las dos. Podréis entrar y salir cuando queráis y yo podré ver a Rose cuando me apetezca. Estará aquí todos los días y todas las noches y acabará aceptándome.

—No lo sé...

La idea era demasiado repentina y necesitaba tiempo para pensarla despacio.

—Mia, es la única manera de que Rose haga la transición sin sobresaltos, es lo mejor para ella.

Mia no estaba tan segura. A Adam no le entusiasmaba la idea de que ella viviese con él. ¿Cómo iba a entusiasmarle? No era por motivos sentimentales. Que ella supiese, la odiaba o, cuanto menos, le tenía rencor por todas las mentiras que le había contado.

—No sé si podré, Adam.

—Y yo creo que no tenemos otro remedio. Tú quieres estar con Rose tanto como yo.

—Sé que es tu hija y que quieres llegar a conocerla, pero no sé por qué tienes tanto empeño cuando no te gustan los bebés.

Él la miró fijamente o, mejor dicho, miró a través de ella como si estuviese meditando la pregunta. Hasta que suspiró.

—Tengo mis motivos.

Ella se encogió de hombros con las manos extendidas como si le pidiese una explicación.

—Es algo personal.

Claro, jamás le daría una explicación clara y sincera, eso significaría que tendría que contar algo sobre sí mismo. Le parecía que, efectivamente, no tenía otro remedio.

—¿Cuándo y durante cuánto tiempo?

—Múdate a finales de la semana —él parpadeó y siguió hablando—. Tendremos que ir día a día a partir de ahora.

Ella tragó saliva.

—Limítate a aceptar, Mia.

Seguramente, era la mejor solución para Rose y no podía renunciar a ella de un día para otro. Conseguiría lo que quería, la posibilidad de estar con Rose casi todo el tiempo. Lo único que cambiaría sería el escenario. Vivirían en esa impresionante casa de la playa en vez de en su pequeño apartamento. Abrió la boca y oyó que soltaba un graznido.

—Sí.

Adam hizo un gesto de satisfacción con la cabeza, pero se dio la vuelta con una sombra de miedo en los ojos. Esa vida solitaria iba a cambiar por completo… como la de ella.

Capítulo Seis

El cuarto de invitados, en el segundo piso de la casa de Adam, era impresionante. No era tan acogedor como su dormitorio, pero se conformaría con la cama enorme, los sólidos muebles de madera clara y todos esos metros cuadrados para hacer yoga. Tenía una vista del mar de la que no podía quejarse, una chimenea de ladrillo blanco y una pantalla de televisión de sesenta pulgadas que colgaba de la pared. Toda su ropa cabría en dos cajones de la cómoda y en la décima parte del vestidor.

—Escucha, Rose. ¿No oyes esos camiones? Están trayéndote tus muebles nuevos.

Rose, apoyada en unas almohadas, sacudió las piernas y la miró mientras guardaba la ropa en el armario.

La noche anterior, Adam le había pedido que lo ayudara a elegir, de un catálogo, las cosas que podría necesitar su hija: una cuna y una cómoda entre otras. Habían llegado en menos de veinticuatro horas después. El dinero obraba milagros.

Dobló los últimos jerséis y los guardó en el cajón de la cómoda. Lo cerró lentamente y sintió un escalofrío por todo el cuerpo. Su porvenir era incierto.

A la abuela Tess no le había hecho gracia que se mudara a casa de Adam. Sherry y Rena no opinaban lo mismo. Les parecía que era una oportunidad para que reavivara su inexistente vida amorosa. Hacía seis meses, había estado saliendo con el vicepresidente de una sociedad financiera y sus amigas se quedaron muy decepcionadas cuando se enteraron de que ella había roto al cabo de unas semanas. Había sido un embaucador que jugaba con el corazón de las mujeres. Ella vio inmediatamente los indicios y las mentiras. Había visto lo que le había pasado su madre por aguantar a su padre. Ella no estaba dispuesta a cometer el mismo error.

Llamaron a la puerta con suavidad y la sacaron de su ensimismamiento. Se dio la vuelta hacia la puerta y vio que Adam asomaba la cabeza.

–¿Qué tal todo?

–Muy bien. Ya he terminado casi de deshacer la maleta.

Adam miró al bebé, que estaba en la cama.

–¿Puedo entrar?

Ella asintió con la cabeza.

Adam entró unos pasos, miró alrededor y se fijó en las cosas que había puesto ella encima de la cómoda: una foto enmarcada de su abuela y su madre y otra de sí misma con el bebé en brazos y sus amigas de First Clips. Luego, se acercó a la cama para mirar a Rose de cerca.

Ella había pensado que, por el momento, era mejor no poner la foto de Anna.

–Los empleados de la empresa de mudanzas están abajo –le explicó él dándose la vuelta para mirarla–. ¿Te importaría decirles dónde quieres que pongan las cosas? Yo no tengo ni idea.

—Yo me ocuparé.

—Fantástico.

Mia se inclinó y tomó a Rose en brazos.

—Vamos, mi melocotón. Vamos a ver tus nuevos… aposentos.

Adam arrugó los labios con un brillo de amor en los ojos. Alargó la mano como si fuese a acariciar la cabeza de su hija, pero la retiró inmediatamente.

Mia fingió no haberse dado cuenta.

Media horas después, el camión de mudanzas ya se había marchado y el cuarto de Rose estaba casi organizado. Ella estaba sentada en un balancín y canturreaba una cancioncilla infantil mientras Adam estaba sentado en el suelo con las piernas cruzadas y los tablones, las tuercas y los tornillos de la cuna delante.

—¿Dices que montaste la cuna de Rose tú sola? —le preguntó mirándola por encima del hombro.

—Te lo aseguro.

Él miró el folleto de instrucciones durante diez segundos y frunció el ceño.

—Ya…

—¿Qué pasa? Si una simple mujer puede hacerlo, tú deberías poder hacerlo sin el más mínimo problema…

—No he dicho eso —replicó él en tono desenfadado.

—Lo has insinuado —ella se rio—. Por curiosidad, ¿por qué no les has dicho a los empleados de la mudanza que la montaran?

Él se giró y miró al bebé.

—Es lo mínimo que pudo hacer por Rose. Un padre suele montar la cuna de su hijo, ¿no?

A ella se le formó un nudo en la garganta y se le ablandó el corazón. El hombre que lo tenía todo quería hacer algo por su hija.

—Sí... Supongo...

Él hizo un gesto con la cabeza y volvió a su tarea.

—Puedo echarte una mano si te pierdes.

Adam se dio la vuelta. Ella sonrió de oreja a oreja y a él se le borró el ceño fruncido. Incluso, ¡estuvo a punto de sonreír!

—Sabelotodo.

Por fin, dejaron de oírse los sonidos que llenarían su casa a partir de ese momento. Rose jugando con sus juguetes. Rose dándose un baño. Rose que lloraba para que le dieran el biberón. Dejó escapar un suspiro de alivio. Era la primera noche de su hija en su casa. Había montado la cuna donde estaba dormida en ese momento y el corazón se le hinchaba mientras veía que su diminuto pecho subía y bajaba con una respiración pausada.

Después de todo, montar la cuna no había sido demasiado complicado. Solo se quedó perplejo luego, cuando comprobó que le sobraban ocho tornillos y tuercas. Había repasado la cuna y había comprobado que se mantenía firme, pero no se había relajado hasta que Mia le dijo que a ella le había pasado lo mismo. Según ella, las piezas sobrantes eran repuestos o un incompetencia del fabricante. Fueran lo que fuesen, ella le había dado el visto bueno de la cuna... y eso había sido importante para él.

Tocó un ricito de Rose. Ojalá pudiera besarle las mejillas, desearle buenas noches como debería hacer un padre, pero no podía arriesgarse a que se despertara y que le gritara sin compasión.

Le tomaría cariño, tenía que tomárselo.

Le habían dado una segunda oportunidad con Rose y lo haría mejor que lo que lo había hecho con Lily. Su hermana había contado con él y cuando la había defraudado, le había costado la vida. Ese dolor lo acompañaba a todas horas. Juró solemnemente que jamás defraudaría a Rose, que al criarla, intentaría compensar todo lo que había hecho mal con Lily. Entonces, quizá encontrara la manera de perdonarse a sí mismo.

Dejó a su hija dormida y bajó a la cocina. Se puso dos hielos en un vaso bajo y se sirvió un poco de vodka. Salió afuera y el aire fresco y salino le despertó los sentidos.

Un movimiento a su izquierda le llamó la atención. Mia estaba en el borde más exterior del porche, donde un muro bajo y blanco lo separaba de la arena. La observó. La brisa le levantaba el borde de la amplia blusa, la melena oscura le ondeaba sobre la espalda y estaba descalza. Estaba muy hermosa a la luz de la luna y no supo si acercarse. No podía confiar en ella. Las mentiras y las patrañas que los habían llevado hasta ese punto eran como una marca indeleble en su alma. Sería un necio si permitía que lo atrapara otra vez... y Adam Chase no era un necio.

Sin embargo, sí se sentía atraído por ella. Algo tiraba de él, lo apremiaba a que se dirigiera hacia ella y no parara. Tenía que verla. No se parecía a nada que hubiera sentido antes. Dio los pasos que tenía que dar para llegar a donde estaba. Ella lo oyó y se dio la vuelta.

—Adam…

—¿No puedes dormir?

—Estoy desvelada. Todos estos cambios… —ella se encogió de hombros.

—¿Quieres beber algo? —le preguntó él haciendo sonar los hielos.

—No gracias —ella miró el vaso—. Es tarde y debería ir a ver cómo esta Rose.

—Acabo de ir. Está dormida.

—¿Estoy molestándote, Mia?

Ella le miró la boca antes de mirarlo a los ojos con sus increíbles ojos.

—Adam, es tu casa. Yo podría preguntarte lo mismo. Es posible que tengas la costumbre de beber algo en el porche por la noche, tú solo.

—Mis pensamientos y yo, ¿no?

Si ella supiera todo lo que hacía para no pensar, para que los demonios no se adueñaran de él… Dio un sorbo de vodka y suspiró.

—No tienes que andar con pies de plomo mientras estés aquí —siguió él—. Por el momento, esta es tu casa. Haz lo que te apetezca.

Un rayo de luz de luna le daba un tono más claro a su piel morena. Adam recordó haber acariciado esa piel y lo delicada que era mientras la besaba.

–Vamos a vernos mucho, pero mi objetivo principal es Rose. Quiero decir, quiero que se acostumbre a mí.

–Lo entiendo –ella se apartó de él–. Tienes que cargar conmigo. Si quieres ver a Rose, me avengo al trato. ¿Es eso lo que quieres decir?

–Así son las cosas, Mia. Además, se me ocurren un motón de cosas peores que tener que cargar con una mujer impresionante en mi casa.

Mia giró la cabeza con una mirada penetrante y los labios temblorosos.

Le había alterado nada más conocerla. Se le habían tambaleado las defensas y había dejado que lo afectara un poco. Había hecho que pensara a largo plazo... y hacía mucho tiempo que no era tan feliz. Sin embargo, lo había llevado por un camino peligroso y era un hombre demasiado cauto como para aventurarse otra vez en esa dirección.

Oyó un vocerío y miró hacia la playa, donde vio a media docena de jóvenes bebidos que se tambaleaban lanzando palabrotas, muchas de ellas blasfemias. Le agarró la mano a Mia.

–Shh... Ven –Adam la llevó entre las sombras, detrás del sofá de cinco plazas–. Agáchate.

Tiró de ella y acabaron sentados en la piedra.

–¿Qué haces?

–Shh... –repitió él–. Baja la voz. Son los chicos que han estado maltratando la playa. Todavía tienen que pagar por haber dejado aquella botella rota que te cortó el pie.

–¿Cómo puedes estar tan seguro de que son los mismos?

–Eso da igual. Las noticias se saben enseguida y no volverán.

–Entonces, ¿cuál es el plan?

–Acompáñame y te lo enseñaré.

Entraron en la casa y Adam la dejó al pie de la escalera.

Tres minutos más tarde, vestido con unos pantalones cortos y unas zapatillas para correr, le hizo un gesto con la cabeza a Mia mientras llegaba al último escalón.

–Ven, acompáñame.

Se quedaron entre sombras mientras volvían al lado del sofá.

–Dame cinco minutos y no te lo pierdas. Vas a pasártelo en grande.

Adam le explicó el plan y se coló en la casa de al lado, que le había alquilado a un amigo suyo, la superestrella del country Zane Williams. Zane había vuelto a Texas con su prometida y la casa estaba vacía. Bien escondido, bajó hasta la orilla y empezó a correr hacia los chicos. Cuando llegó a su altura, se paró y se agachó con las manos en las rodillas como si estuviese sin aliento.

–Hola… amigos… –una docena de ojos se clavó en él–. ¿No tendréis… un poco… de agua…?

–¿Agua? –preguntó uno de los chicos que parecía el cabecilla–. ¿Acaso tenemos cara de beber agua?

El chico levantó una botella y bebió de la cerveza a morro. Luego, la tiró y pasó rozando la cabeza de Adam. Se oyó un estrépito cuando chocó contra un cubo metálico y la botella se hizo añicos.

Adam apretó los dientes. Quizá debiera llamar a la policía.

Entonces, un chico de pelo rizado se levantó y le dio una botella de agua.

–Toma, bebe. Me parece que la necesitas.

El chico lo miraba con compasión. No llamaría a la policía. Solo eran unos necios que no tendrían más de dieciséis años.

–Gracias –Adam levantó la botella y desenroscó el tapón–, pero os aconsejo que tengáis más cuidado. Quiero decir, venir a beber justo debajo de las narices de un capitán de la policía retirado…

–¿Qué? –preguntó el cabecilla–. No es posible.

–Lo es. Se mudó a esa casa hace unas semanas –él señaló la casa vacía–. Veo a su esposa casi todas las noches cuando salgo a correr.

El chico alargó el cuello en aquella dirección.

–Está muy lejos. Yo no puedo ver nada y eso significa que ellos no pueden vernos.

–Muy bien, como queráis, pero he oído decir que el capitán no tolera que se beba sin tener la edad suficiente. Solo os aviso. Gracias por el agua.

Adam empezó a correr otra vez. Entonces, se oyó una sirena estruendosa en el silencio de la noche. Adam se dio la vuelta y miró a los ojos del cabecilla, que estaban fuera de las órbitas y con el pánico reflejado en su rostro. Los seis chicos se levantaron y empezaron a mirarse los unos a los otros.

–¡Corred! –gritó unos de ellos.

Salieron volando por la arena y dejaron las bebidas detrás. No pararon hasta después de un kilómetro. La carrera y el susto les quitaría la borrachera.

Adam fue corriendo hasta donde estaba Mia, que salió del escondite con la sirena en la mano y la apagó.

—¿Los has visto correr? —le preguntó él.

—Desde luego. ¿Esto suena como si fuese de verdad? ¿Dónde la conseguiste?

—Es una historia un poco larga, pero es de cuando era socorrista. Suena como si fuese de verdad porque lo es —Adam miró hacia la playa y esbozó media sonrisa. Hacía tiempo que no se divertía tanto—. No creo que vuelvan. Espero que hayan aprendido la lección.

Se dio la vuelta para mirar a Mia, quien le sonreía con cariño. El corazón se le aceleró y la sangre le bulló en las venas. Mia no debería alterarlo tan fácilmente…

—¿Lo has hecho porque me hicieron daño?

—Sí —reconoció él—. No deberían beber a su edad ni molestar o…

Ella le dio un casto beso de agradecimiento en la mejilla.

—Mia… —susurró él abrazándola—. Si vas a agradecérmelo, hazlo bien.

Un minuto después, Mia tuvo que tomar aire. Tenía los labios ligeramente inflamados por los besos de Adam y todavía tenía su sabor en la boca. Él seguía abrazándola a la luz de la luna y ella temblaba.

Era un disparate. Eso era imposible. Tenían una relación vacilante en el mejor de los casos y mezclarla con los sentimientos lo complicaría todo. No se había olvidado de que había perdido la cabeza por sus caricias ni que se había dejado arrastrar y había estado a punto de entregarse a él.

—Muy bien, eso sí es un agradecimiento como es debido.

Mia notó la calidez de su aliento en los labios y creyó que iba a besarla otra vez… y que, otra vez, ella no iba a impedírselo. Los gritos del bebé los interrumpieron.

—Rose —Mia tomó el monitor del sofá y lo miró—. Está despierta, Adam, y armando jaleo.

Adam tomó el monitor de sus manos y también lo miró.

—Tengo que ir —dijo ella dirigiéndose apresuradamente hacia la puerta.

—Te acompaño.

Adam la alcanzó y le tomó la mano. Subieron juntos las escaleras y cuando llegaron a la puerta del cuarto de Rose, Mia se paró y lo miró.

—A lo mejor deberías quedarte fuera…

—No —Adam sacudió la cabeza—, voy a entrar. Tiene que verme, es mejor que esté contigo.

—De acuerdo —Rose dejó de gritar en cuanto vio a Mia, que la tomó en brazos y la besó en las mejillas—. Ya lo sé, pequeña. Todo es nuevo para ti, pero estoy aquí, y tu papá también.

Mia dio la vuelta a Rose para que mirara a Adam. Ella lo miró un instante, pero giró la cabeza en dirección contraria.

—Hola, Rose —le saludó él en cualquier caso—. Siento que no puedas dormir. Papá tampoco puede.

A Mia se le encogió el corazón al oírlo hablar con esa ternura y paciencia, y los ojos se le empañaron de lágrimas cuando oyó que se llamaba «papá» a sí mismo.

Se dio la vuelta para que Rose se quedara de frente a Adam.

–¿Vas a dejar que papá te tenga en brazos mientras voy a por el biberón?

Adam extendió los brazos hacia su hija. Rose se agarró con más fuerza al cuello de Mia, que intentó soltarla. Rose, sin embargo, estaba decidida a no ir con su padre y Mia no la obligó. Se apartó de Adam y fue al otro extremo del cuarto.

–Muy bien… Adam, ¿te importaría calentarle el biberón? Yo la acunaré.

Adam asintió con la cabeza y salió del cuarto. Mia le cambió el pañal, la tumbó en el balancín y empezó a acunar al bebé. Cuando volvió Adam, Rose estaba más tranquila. Le dio el biberón a Mia y se sentó en el suelo enfrente de ellas. Rose succionó el biberón sin dejar de mirar a Adam. Él no dijo nada y se limitó a observarla hasta que se le acabaron cerrando los ojos.

–Se ha dormido –susurró Mia.

Adam asintió con la cabeza y con una expresión de anhelo que la conmovió.

–¿Quieres meterla en la cuna? –le preguntó ella.

–Se despertará –contestó él en tono afligido.

–No, está profundamente dormida.

Adam se levantó con un brillo de ilusión casi infantil en los ojos.

–Entonces, sí, dámela.

Mia la tomó del balancín se la entregó con mucho cuidado a Adam. El bebé no movió ni un músculo y Mia suspiró con alivio. La expresión de Adam cambió al tener a su hija en brazos. Se le ablandaron los ángulos de la cara y sus ojos grises como el plomo se derritieron por el amor y el orgullo. Era precioso verlo, pero también le desgarraba al corazón.

Mia se mantuvo al margen mientras él acostaba a Rose. Rose ni se inmutó cuando tocó el colchón de la cuna. Adam se incorporó y se quedó mirándola. Mia los dejó solos. El vínculo estaba produciéndose delante de sus ojos y ella estaba favoreciéndolo en cierta medida. Era lo que tenía que hacer, pero eso no evitaba que sintiera punzadas de miedo al acordarse de que sus días con Rose en Moonlight Beach estaban contados.

Era sábado por la tarde y Mia estaba entrando en la casa con Rose después de haber trabajado media jornada en First Clips. Entonces, vio que Adam estaba en el porche.

–Vamos, Rose, tu papá no te ha visto esta mañana.

Le puso un sombrerito para protegerle los ojos del sol. El sombrero hacía juego con el vestido de lunares blanco y morado y los pololos que le había regalado Adam. Intentaba imaginárselo yendo a una tienda de ropa para niños y no lo conseguía. Sin embargo, Mary le había asegurado que Adam los había comprado sin ayuda de nadie. Tenía que reconocer que Rose estaba adorable.

Salió afuera con Rose en los brazos. No habían hablado del maravilloso beso que le había dado, ni lo había repetido. Ella había creído que habían dado un paso adelante. Al parecer, estaba equivocada. Adam se había retraído y, seguramente, se había regañado a sí mismo por haber bajado la guardia y haber mostrado algún sentimiento.

—Adam, ya estamos en casa.

Él se dio la vuelta, pero no era Adam. Tenía los mismos rasgos afilados y la misma mandíbula firme, y los hombros eran igual de anchos, pero, al acercarse, se dio cuenta de que no era tan alto y de que sus ojos eran de un azul hipnótico. Su rostro era amable y su sonrisa le llegó a lo más profundo del corazón cuando miró a Rose.

—Siento decepcionarte, pero soy Brandon, el hermano pequeño de Adam —se presentó él tendiéndole la mano—. Y tú eres…

—Mia —ella parpadeó—. ¿Adam no le había hablado a su hermano de Rose y ella?

—¿Y quién es esta preciosidad? —preguntó Brandon mientras se estrechaban las manos.

Ella no podía evitar contestarle con amabilidad. Tenía una voz de barítono que fue elevando a medida que le preguntaba por Rose.

—Se llama Rose.

—¿Rose? Se llama como una flor —él bajó la voz con los ojos un poco velados—. Me alegro de conoceros, maravillosas mujeres. Estoy esperando a Adam y llegará enseguida, según Mary.

—Estará en el estudio. Creo que tenía una reunión.

Brandon la miró con curiosidad y sin dejar de sonreír en ningún momento. Ella no sabía qué decirle. ¿Debería descubrir el pastel?

—¿Hay algo que debería saber? ¿Soy tío…?

Mia se encogió de hombros y la expresión afable de Brandon se esfumó.

—Lo siento. Tiene los mismos ojos que mi hermano.

Brandon lo había adivinado.

—Sí, Rose es hija de Adam. Yo soy su tía.

—¿Su tía?

—Es una historia larga y creo que es mejor que te la cuente Adam.

Brandon la miró fijamente antes de centrarse en su sobrina.

—Soy tío…

Se oyeron unos pasos, ella se dio la vuelta y vio que Mary se acercaba. Dio gracias a Dios por la interrupción.

—La comida está preparada si tenéis hambre. También tengo café y limonada en la cocina.

Entraron en la cocina y comieron juntos mientras el bebé jugaba sin hacer ruido en el corral. Brandon respetó sus deseos y no le hizo muchas preguntas sobre Rose, aparte de cuánto había pesado al nacer, cuánto tiempo tenía y cómo llevaba Adam la paternidad. Ella sorteó la última pregunta y dirigió la conversación hacia él. Averiguó que era piloto por cuenta propia, que trabajaba en un aeropuerto del condado de Orange y que le encantaba volar. Se pasó el resto del almuerzo hablando sobre sus aventuras por otros países, por encargo de la Seguridad Nacional, y le contó algunas anécdotas disparatadas sobre algunas celebridades a las que había llevado por el mundo.

Rose empezó a llorar y Mia se levantó inmediatamente. La sacó del corral, pero la niña siguió sollozando.

—Lo siento, pero tiene hambre y tengo que calentarle el biberón.

Brandon también se levantó y se acercó a ella con los brazos extendidos.

—No te preocupes. ¿Puedo ayudarte?

—Bueno… Es un poco desconfiada con los desconocidos. No creo que vaya a irse contigo.

—¿Puedo intentarlo?

Tenía unos ojos persuasivos. Eran tan azules y cristalinos que cualquier persona se dejaría arrastrar por ellos.

—Claro… —contestó ella—. Es tu tío Brandon, mi melocotón. Quiere tenerte en brazos mientras te preparo el biberón.

Mia se la pasó y Rose no dijo ni pío cuando Brandon la tomó en brazos. Él empezó a ir de un lado a otro acunándola. Mia lo miraba sin salir de su asombro.

—Es un encanto —comentó él.

Mia tragó saliva antes de sonreírle. El bebé era muy dócil en sus brazos. Calentó el biberón lo más deprisa que pudo y dejó caer unas gotas en su muñeca. Brandon la miraba con curiosidad.

—Es para ver si está demasiado caliente.

—Entiendo.

El bebé estaba fascinado con él y no dejaba de mirarlo a los ojos y de reaccionar a su voz.

—Suelo darle el biberón en la sala. A Mary le gusta que usemos ese cuarto.

Brandon la siguió y se sentó en el sofá, bastante cerca de ella.

—¿Te importa si le doy yo el biberón?

—No… No me importa.

Incluso, era posible que Rose le dejara dárselo. Mia le dio el biberón y el bebé se lanzó a por la tetina inmediatamente.

—Es una tragona.

Brandon se rio y parecía cómodo con la pequeña en brazos.

—Está creciendo a toda velocidad.

Brandon dejó de mirar al bebé y miró a Mia.

—Una vez conocí a una Mia. Era una mujer mayor que criaba ovejas. Podría contarte historias…

—Sí, por favor.

Le gustaba estar con él. Era un hombre encantador y divertido al que no le daba miedo hablar de sí mismo, y a ella no le importaba dejar de pensar en su hermano, quien prefería que le sacaran una muela antes que sonreír.

Brandon acababa de contar una historia sobre su disparatada estancia en Siena y estaban riéndose con el bebé apaciblemente dormido en los brazos de él cuando entró Adam. Se detuvo en medio de la habitación y miró con frialdad a Mia antes de dirigirle una sonrisa sombría a su hermano. Sus ojos rebosaban indignación.

—Brandon, ¿qué estás haciendo aquí? –le preguntó a su hermano en tono amenazador–. No te esperaba hasta el lunes.

—Ha habido un cambio de planes.

—Siempre lo hay –replicó Adam con una mueca desagradable en los labios.

—Lo siento, hermano. No creí que fuese a ser un inconveniente.

—Lo es.

Adam miró con el ceño fruncido a Mia. Ya no habría más sonrisas ese día.

—El bebé es una monada, Adam. Enhorabuena.

Adam parpadeó y miró a Mia y al bebé alternativamente.

—No es asunto tuyo, Brandon.

—Eres su padre, Adam, y eso me convierte en su tío. Hay que celebrarlo. ¿Acaso no es el motivo para que me dijeras que viniera?

Adam apretó los dientes y miró a Rose, que estaba en brazos de su hermano. Mia podía imaginarse muy bien lo que estaba pensando. Su hija no iba con él, pero sí con Brandon, el hermano del que, evidentemente, se había distanciado.

—¿Sabe mamá que es abuela? –preguntó Brandon.

—Todavía no.

—Creo que voy a dejar que lo habléis solos –Mia se levantó–. Brandon, me llevaré al bebé…

—Déjala, Mia –le interrumpió Adam con la voz ronca y la mirada gélida–. No quiero estropearos vuestra… velada.

—No es una velada, por amor de Dios, Ad…

Él la miró con un brillo de sentirse traicionado en los ojos.

–¿Le has contado todo?

–No me ha contado nada –intervino Brandon para defenderla.

Sin embargo, eso irritó más todavía a Adam.

–Se lo he preguntado a Mia.

Era complicado aplacar la situación.

–No, solo le he contado que Rose es tu hija y que yo soy su tía. Me pareció que lo mejor era que tú le explicaras los detalles –contestó ella.

–¿Nada más? –insistió él para que concretara.

–Nada más –ella miró a Brandon–. Fue tan considerado que no me presionó con preguntas.

–Mi hermano es el típico chico simpático.

Brandon también se levantó con el bebé en brazos y mucho cuidado.

–Adam, no descargues tu amargura sobre Mia. De acuerdo, me he adelantado unos días. Mal hecho. Evidentemente, tienes que resolver algunos asuntos. Me marcharé y volveré en otro momento.

Adam sacudió la cabeza, pero si había esperado disipar así su mal humor, no le había dado resultado.

–No. Tengo que hablar contigo. Hablaremos esta noche, después de la cena.

Brandon se acercó a Adam para entregarle el bebé, pero Mia se levantó e intervino inmediatamente.

–Yo me ocuparé de ella.

Habría sido el remate perfecto que Rose dejara los brazos de Brandon y empezara a llorar como una Magdalena en cuanto Adam la agarrara. Mia podía imaginarse la escena con una claridad meridiana y no podía permitir que se produjera.

Brandon se dio la vuelta y Mia tomó a Rose con delicadeza. Afortunadamente, la pequeña durmiente siguió dormida.

—Como ya he dicho, no quiero estropearos la velada. Tengo trabajo.

Adam salió de la habitación y Brandon y Mia se quedaron estupefactos.

Capítulo Siete

Adam se pasó las manos por el pelo una y otra vez mientras iba de un lado a otro por el estudio que tenía en casa. Había puesto el estudio junto a la puerta de entrada para que no le distrajeran el ruido del mar, las voces de los bañistas o las maravillosas puestas del sol en el horizonte de California. Ese día no iba a sacar nada de trabajo.

Brandon estaba allí. Las navidades pasadas habían hecho dos años desde la última vez que lo había visto. Su madre se había empeñado en que sus hijos pasaran la fiesta con ella. Habían ido a su casa en Sunny Hill y habían pasado nueve horas de cortesía forzada. El intento de reconciliarlos no había dado resultado y había sido un tormento. No estaba dispuesto a perdonarle a Brandon que le hubiese robado a Jacqueline. Su hermano, por un motivo u otro, había sido el origen de su sufrimiento durante toda su vida. También era el hijo al que más quería su madre. Apretó los dientes. No le había contado a su madre la parte de culpa que tenía Brandon en la muerte de Lily. Solo él sabía toda la verdad de lo que pasó aquel día.

Cuando vio a Rose en brazos de Brandon, la rabia le había atenazado las entrañas y había tenido que contener una oleada de improperios. Brandon, el cautivador, ya se había ganado a su hija mientras él tenía que seguir esperando.

Esa noche, durante la cena, todo transcurrió en silencio. Mia solo se dirigió al bebé y Brandon también se andaba con pies de plomo. Sin embargo, lo sorprendió varias veces dirigiendo miradas cómplices a Mia. Él se había convertido en el malo de la película y le daba igual.

Estaba demasiado alterado como para que pudiera importarle.

Mia se levantó de la mesa cuando terminó de comer y sacó al bebé del corral. Rose se agarró a su cuello con tanto cariño que él se desgarró por dentro.

—Creo que esta noche vamos a acostarnos pronto. Buenas noches, Brandon. Adam…

El sol acababa de ponerse y era muy pronto para que ella se fuese a la cama. Ni Rose se iba a la cama antes de las nueve. Mia no iba a engañarle. Esa tarde se había comportado como un majadero y estaba molesta con él. Seguramente, se merecía su desdén. Por otro lado, también era preferible que hablara a solas con Brandon. Tenía una versión resumida de la historia de Rose para contársela a su hermano.

—Buenas noches, Mia —contestó Brandon levantándose—. Encantado de haberte conocido, y dale un beso de buenas noches a la pequeña de parte del tío Brandon.

—Se lo daré.

Mia le sonrió con calidez y estaba acercándose a la puerta cuando Adam intervino.

–Me quedaré un rato levantado. Mantenla despierta hasta que pase por ahí.

Mia se dio media vuelta y lo miró con unos puñales verdes en los ojos.

–Rose se dormirá cuando esté cansada, Adam, y me parece que será como dentro de cinco minutos. No vamos a esperar despiertas.

–Perfecto –él puso los ojos en blanco–. Entonces, buenas noches.

Brandon sonrió como un colegial en cuanto ella se marchó de la habitación.

–Sabes muy bien cómo conquistarlas...

Tomó dos vasos anchos de debajo de la encimera y sirvió dos copas. Brandon prefería bourbon, pero sirvió vodka para los dos. Le dio una de las copas a su hermano.

–Seré breve, pero ¿quieres sentarte?

–De acuerdo –Brandon levantó la copa–. Gracias.

Los músculos de su cara se tensaron cuando dio un sorbo y se lo tragó, pero se dejó caer sobre el respaldo.

Adam no quería empezar en mal tono con su hermano, estaba dispuesto a dejar atrás el pasado por su madre, pero la aparición imprevista de Brandon y encontrárselo con su hija en brazos, con su maravillosa hija que no podía ni ver a su padre, había colmado su paciencia. Además, tampoco le gustaba que Mia mirara con ojitos a Brandon.

–Háblame de la niña, Adam. Ya sé que es tuya, pero ¿su madre... no está?

–No. La hermana de Mia murió poco después del nacimiento de Rose.

—Es tremendo. ¿Estabais muy unidos?

—No, casi ni nos conocíamos.

—Sin embargo, ¿estás seguro de que es hija tuya?

—Sí. La prueba de ADN lo confirmó. Además, por si eso no fuera bastante, tiene la marca de nacimiento de los Chase —contestó Adam sin poder contener una risotada irónica.

—¿Y Mia…?

—Pasó unos meses criándola y ahora se ha mudado aquí para que la transición de Rose sea más fácil.

—Caray, hablas como si fuera una fusión de dos empresas o algo así. Está claro que Mia adora a la niña. ¿Y tú?

—Claro que quiero a Rose. Es mi hija.

—No la tomaste cuando quise entregártela. No te he visto con ella en brazos. Además, ¿qué es eso de darle órdenes a Mia como si fuera una empleada?

Adam tomó aire fresco para dominar la rabia.

—Nada de todo eso es importante en este momento.

No iba a contarle cómo lo embaucó Mia cuando la conoció, cómo había estado investigándolo para cerciorarse de que era un buen padre… ni que su hija gritaba como una posesa cuando el intentaba tomarla en brazos. Don Cautivador se reiría con ganas.

—Tuve una aventura con la hermana de Mia. No fue nada serio y terminó de mutuo acuerdo. Mia me comunicó hace unas semanas que Rose se concibió cuando estábamos juntos. Ahora tengo aquí al bebé y estamos intentando resolverlo. Rose vivirá siempre conmigo.

—Entonces, Mia y tú no sois...

Adam negó con la cabeza con vehemencia.

—Se irá en cuanto Rose se haya... aclimatado.

—¿Se irá? ¿No es un poco despiadado? Adora a la niña y está claro que Rose está muy encariñada con ella. ¿Y quién no? Mia es dulce, generosa y...

—Brandon, basta, ¿de acuerdo? Ya te he dicho que estamos intentando resolverlo. Además, ¿qué te convierte en un experto en Mia D'Angelo? La conoces desde hace menos de seis horas.

—Hemos hablado y tengo intuición sobre las personas.

Adam apretó los dientes. ¿Estaba su hermano intentando darle consejos sentimentales?

—¿Quieres saber por qué te he pedido que vinieras?

—Tiene algo que ver con mamá. Su cumpleaños se acerca —contestó Brandon dando un sorbo.

—Efectivamente. Cumple setenta años y solo quiere una cosa de nosotros.

—Puedo imaginármela.

—Has acertado. Quiere que zanjemos nuestras diferencias, quiere volver a ver una familia completa.

Jamás lo sería sin su padre ni Lily, pero eso era otro asunto.

Brandon apartó el vaso con vodka y apoyó los codos en la mesa del porche.

—Lo he intentado, Adam, pero no has querido escucharme.

Adam miró fijamente hacia el mar. Las olas eran altas y rompían en la orilla con una espuma blanca que barría la arena. Ojalá pudiera barrer con la misma facilidad la amargura que le dominaba el alma.

Brandon siempre había estado en el centro de ese dolor. De joven siempre había sido egoísta e interesado, pero nunca la había contado la verdad a su madre porque, en definitiva, él había sido el mayor, había sido responsable de Lily.

—Ahora estoy escuchándote, Brandon.

—Estás haciéndolo por mamá.

—¿Acaso importa el motivo? —le preguntó Adam encogiéndose de hombros.

—Supongo que no —contestó Brandon resoplando—. Nunca quise hacerte daño, Adam. Por mucho que no quieras oírlo, te juro que Jacqueline y yo nunca hicimos nada a tus espaldas.

Adam miró su vaso, suspiró y lo vació. Dejó que el alcohol le quemara las entrañas antes de dirigirse a su hermano.

—No, lo hiciste delante de mí.

—No es verdad. Reconozco que me enamoré de ella casi desde el momento que la conocí, aquí, en esta casa. Sin embargo, era tu novia, Adam, y veía cuánto la querías. Nunca me dejé llevar por mis sentimientos, nunca flirteé, nunca…

—Sencillamente, eras tan cautivador como siempre.

—Soy como soy.

—¿Quieres decir que no pudiste evitarlo?

—No. Tienes que creerme. Me enamoré de ella,

pero ni se me ocurrió meterme entre vosotros dos. Si te acuerdas, casi ni venía por aquí cuando estabais saliendo. Además, cuando rompisteis, tuve que hacer un esfuerzo, pero no la llamé. Estaba enamorado de ella, Adam. Lo siento, pero esa es la verdad. Intenté por todos los medios no pensar en ella. Entonces, un día, inesperadamente, me llamó. Tenía un amigo que quería fletar un vuelo para una fiesta de aniversario. Empezó con una llamada de teléfono y unas cenas más tarde, los dos estábamos enamorados. Así es exactamente como pasó, Adam. Ella no rompió contigo por mi culpa.

Adam apretó los labios y volvió a mirar hacia el mar asintiendo con la cabeza. Lo hecho, hecho estaba. Tendría que conformarse con las explicaciones de Brandon por el momento. Habían pasado seis años, Jacqueline había desaparecido del mapa y Lily no iba a volver jamás. Si tender puentes con Brandon hacía feliz a su madre, lo haría.

—De acuerdo, lo entiendo.

Brandon volvió a dejarse caer sobre el respaldo con una mirada de incredulidad.

—¿De verdad? ¿Así, sin más? Te has mantenido alejado durante años y ¿ahora me crees?

Se había dado cuenta hacía poco de que le daba igual lo que había pasado con Brandon y Jacqueline, que, para él, era una historia muy antigua.

—Creo que no sabíais cuánto me afectaría.

—No actuamos a tu espalda.

—Entendido.

Aunque él, Adam, jamás habría perseguido a la novia de su hermano, aunque hubiesen roto.

–¿Ahora podemos hablar del cumpleaños de mamá?

–Claro…

Brandon sonrió con un brillo en los ojos que le recordó al muchacho que siempre acababa llevándose el último pastel.

Adam subió de puntillas las escaleras después de que Brandon y él hubiesen ultimado los detalles de la fiesta de cumpleaños de su madre.

Entró en el cuarto de Rose, encendió la lamparilla con forma de Cenicienta, miró dentro de la cuna… y la encontró vacía. Se dio media vuelta y salió del cuarto.

La puerta del dormitorio de Mia estaba entreabierta. Asomó la cabeza y encontró a las dos dormidas en la cama. Mia llevaba el mismo vestido que había llevado en la cena y se le había subido hasta lo más alto de los muslos. Se le veían las piernas bronceadas, que estaban dobladas por las rodillas para proteger al bebé con su cuerpo. Estaba muy sexy, pero, en ese momento, él solo veía la belleza de ella tumbada junto a su hija.

Le escocieron los ojos y entró en el cuarto atraído por el apacible sueño de las dos. Se quedó unos segundos mirándolas y reconoció el ansia que lo devoraba por dentro. No había estado con Rose en todo el día, se había perdido el ritual nocturno de tomarla cuando estaba dormida y dejarla en la cuna.

Como aturdido, se quitó los zapatos con los pies

y se tumbó en la cama. El colchón crujió y se quedó inmóvil. Estiró el cuerpo con mucho cuidado para no despertar a ninguna de las dos.

Con un gesto mínimo, se enroscó uno de los rizos rubios de Rose en un dedo. Era suave como la seda. Cerró los ojos y quiso darle un beso en cada una de las mejillas de melocotón. Quería decirle mirándola a los ojos cuánto la quería.

Cuando abrió los ojos, Mia estaba mirándolo fijamente y esos trozos de hielo color jade se derritieron con un brillo de cariño.

—Hola —susurró ella por encima del bebé.

—Hola.

—Intentamos esperar despiertas…

—Gracias. Tardamos más de lo previsto.

—Esta noche estabas de mal humor.

Ella se apartó el pelo de los ojos. Era guapísima.

—Mi hermano consigue eso de mí. Se ha marchado, por el momento.

—¿Quieres dejarla en la cuna?

—¿No se despertará?

—No creo —contestó Mia mirando al bebé—. Está muy cansada. Llévala, yo me quedaré aquí.

La miró fijamente durante un segundo.

—¿Estás segura?

¿No iba a supervisarlo mientras acostaba al bebé? No lo había hecho nunca sin su mirada vigilante.

—Sí.

Mia era un misterio para él. Le había mentido, había fingido que se habían conocido accidentalmente en la playa y había mantenido el engaño durante días. Normalmente, Mia era muy posesiva con Rose y él no sabía qué conclusión sacar sobre esa generosidad repentina, pero, desde luego, no se fiaba de ella. Hacía unos días, había puesto en marcha los mecanismos para averiguar todo lo que pudiera sobre ella, más de lo que ella estaba dispuesta a contarle. Quería saber quién era Mia D'Angelo en realidad. ¿Tenía algo que esconder?

Se bajó de la cama sin dejar de mirar a Rose y se inclinó para tomarla en brazos. Sujetó su cabeza con el brazo derecho mientras acomodaba su cuerpecito entre sus brazos. Olía a pañales limpios, a champú de bebé, a inocencia y a dulzura. La estrechó contra sí para absorber toda esa bondad. Ella cerró los puños y arqueó el cuerpo para estirarse. Él la acunó como le había enseñado Mia y ella volvió a quedarse dormida.

Entonces, fue al cuarto de Rose y se quedó encima de la cuna sin ganas de soltarla. Podría tenerla toda la noche en brazos y no cansarse, pero no podía arriesgarse a despertarla. La dejó y ella giró la cara hacia la pared inmediatamente. Dormía como él. Sonrió y, sin dejar de mirarla, se marchó al cabo de unos minutos. Misión cumplida. Había acostado a su hija él solo. Se sentía feliz.

Mia estaba esperándolo en el pasillo.

–¿Ya está acostada?

–Sí. Se agitó un instante, pero no se despertó.

–Sí, lo hace siempre.

Mia sonrió y Adam volvió a mirar al brillo cálido de sus ojos, el amor que desprendían a pesar de lo tenue que era la luz. Estaba un poco despeinada y arrugada, y más sexy que cualquier otra mujer que hubiese conocido.

—Me alegro.

—Me esperaste, ¿por qué?

—Lo ordenaste —contestó ella encogiéndose de hombros.

Se acercó un paso a ella. Era peligroso, pero no pudo evitarlo.

—Lo siento si te ha parecido eso.

—Era una broma, Adam. ¿Te parezco una mujer que vaya a aceptar que la intimiden?

—No, ni mucho menos —parecía una mujer que necesitaban que la besaran y algo más—. Entonces, ¿por qué?

—Estabas tan tenso con tu hermano que pensé que necesitabas que Rose te sosegara.

—¿Estás diciendo que ella me sosiega a mí y no al revés?

—¿Acaso lo niegas?

—No —contestó él después de pensarlo un rato—, no puedo negarlo.

—Ya lo sabía. Adam, ¿qué os pasa a tu hermano y a ti?

Él suspiró y la miró fijamente. No quería tener esa conversación con ella, no quería tener ninguna conversación con ella.

—No quiero hablar de Brandon en este momento —susurró él mientras se acercaba un poco más—. Hay cosas mejores que hacer.

Ella tragó saliva y él le miró la boca.

—Gracias por esperarme.

—No fue nada….

—Fue mucho —susurró él.

Tenía los labios a muy pocos centímetros de los de ella. Cuando suspiró, casi pudo paladearla.

—Adam —susurró ella.

¿Era una advertencia? Creyó que iba a negarle el beso, pero, en cambio, lo agarró del cuello de la camisa y entrelazó las manos detrás de su cuello. Esa mujer era impredecible y eso hacía que fuese más atractiva todavía. La agarró de la cintura y la estrechó con más fuerza contra sí.

Ella lo miró con la misma calidez que le reservaba a Rose. Era imposible resistirse a ella en ese momento. La había visto reírse con Brandon y eso había sido suficiente. Si dependiera de él, Brandon no se acercaría a menos de dos kilómetros de ella.

La besó y ella se entregó al beso con un gemido de anhelo. Se estremeció por dentro. Ella lo alteraba y no podía evitarlo. Mia separó los labios y él entró sin titubear en la dulzura de su boca.

Se había olvidado de aquella noche en el apartamento de ella. Se había dejado arrastrar por ella y su embriagadora reacción. Le había acariciado los rincones más íntimos de su cuerpo, y ella había disfrutado cada segundo. Durante las últimas noches, se había quedado despierto en la cama y pensando que estaba dormida al final del pasillo, pensando en cómo habría acabado aquella noche si ella no le hubiese lanzado aquella granada de mano.

Esa noche no habría granadas de mano y estaba dispuesto a acabar lo que había empezado.

Capítulo Ocho

—Adam, no podemos.

Las palabras le salieron de la boca sin que pudiera contenerlas.

Él le puso la mano en el pecho y la empujó contra la pared. Estaba atrapada por su cuerpo, envuelta en su calidez. Era tan inesperado y excitante que los latidos del corazón le retumbaban en la cabeza... y sus besos sofocaban cualquier intento de queja.

—Mia, dime que no lo quieres y me marcharé.

Separó de los labios para besarle el cuello y mordisquearle la piel con delicadeza. Ella sintió una oleada abrasadora en las entrañas, estaba dominada por el deseo, su cuerpo traicionero cedía a la pasión de él mientras su sentido común le gritaba que no lo hiciera.

—Interpretaré que tu silencio significa que aceptas —le susurró él al oído.

Ella sintió un escalofrío, pero su boca se mantuvo cerrada. Adam la besó hasta que la dejó sin respiración y le bajó los tirantes del vestido. Tiró un poco de él y acabó hecho un guiñapo a los pies de ella. Se quedó con el sujetador y las bragas negras y él la miró de arriba abajo aguantando la respiración.

—Mia, ¿qué voy a hacer contigo?

Ella tenía una idea bastante aproximada y no le asustaba. Bueno, un poco si tenía en cuenta quién era Adam. Había sido amante de su hermana. Ella ya se había resignado a eso y no relacionaba el hombre misterioso que había estado buscando con ese hombre tan sexy y real que acababa de tomarla entre sus brazos. Él volvió a besarla y ella lo abrazó mientras la llevaba a su cuarto.

La dejó en la cama y se quedó de pie delante de ella desabotonándose la camisa. Apareció su pecho musculoso y bronceado y ella se sentó, maravillada por la parte superior de su cuerpo. Si la inferior estaba a la misma altura…

—Acércate, Mia.

El tono de su voz casi exigía obediencia, y ella no iba a desobedecerlo porque sabía lo que la esperaba. Se levantó de la cama y el mundo dio un vuelco. Adam la besó una y otra vez hasta que encontró otros sitios donde torturarla con la boca. Era mágico. Sus manos sabían darle placer y sus dedos la tocaban como a un instrumento perfectamente afinado. Sus labios implacables la elevaban al cielo y volvían a bajarla a la tierra. Causaba estragos en su cuerpo, la sujetaba con una mano y hacía que gimiera con la otra.

—Así, Mia… Desmorónate entre mis brazos.

La orden fue muy efectiva. Esa magia hizo que se deshiciera en mil placenteros pedazos y tuvo la sensación de que Adam solo estaba empezando. La estrechó contra él con tanta fuerza que pudo oír los latidos acelerados de su corazón. Le apartó el

119

pelo con delicadeza, se lo pasó por detrás de las orejas y la besó ahí.

—Haz lo que quieras conmigo —susurró él.

Sintió otro estremecimiento en las partes bajas, recién satisfechas. Tenerlo a su merced le derretía los huesos y se le ocurrieron todo tipo de… perversiones. Estaba anhelante y palpitante otra vez y alargó las manos temblorosas para acariciarle la piel húmeda. Era perfecto, musculoso, fibroso y duro como el granito. Él se estremeció por sus caricias y lo miró a los ojos. Estaban velados, casi suplicantes. Tenía poder sobre él y era una idea excitante, el mayor de los afrodisíacos.

Se elevó para besarlo mientras seguía acariciándolo y tuvo que contener la respiración cuando bajó la mano por debajo del cinturón para tocarle el miembro. Era grande y duro, otro afrodisíaco de primera.

—Acaríciame, corazón.

Era tanto una petición como un reto, y ella no se echaba atrás ante un reto. Le acarició toda la extensión una y otra vez por encima del pantalón. Él dejó escapar un gruñido desde lo más profundo del pecho y la levantó otra vez. Oyó que él farfullaba algo sobre que ya estaba bien de preámbulos y la dejó, con cierta brusquedad, encima de la inmensa cama.

—Dijiste que hiciera lo que quisiera contigo.

—Vas a pagarlo.

—Estoy esperando —replicó ella.

¿De dónde había sacado ese descaro? Él se soltó el cinturón, se quitó los pantalones y se metió en la cama con ella. Tenía una arquitectura impresionante. Se dio la vuelta y rebuscó en un cajón de la mesilla. Ella, mientras tanto, se tranquilizó mirando el increíble dormitorio. Formaba un ángulo y dos lados eran unos ventanales que daban al mar. Estaba decorado con mucho gusto y…

Él dejó cinco envoltorios de preservativos en la cama. Mia arqueó las cejas porque no sabía que Adam tenía pensado algo tan ambicioso para ella.

—Sigo esperando.

Adam gruñó, la agarró y la levantó por encima de él. Se quedó a horcajadas sobre sus muslos.

—Quiero verte la cara cuando te haga el amor.

Levantó las manos, le soltó el sujetador y le hizo un gesto para que se quitara las bragas.

Se habían acabado las tonterías y eso iba en serio. Él estaba serio y la intensidad de su mirada la asustó un poco. Empezó a acariciarle los brazos como si ella fuese una joya. Hasta que tiró un poco de ellos para que se inclinara hacia delante y pudiera besarla. Los pezones le rozaban el pecho y se endurecieron con el contacto de su piel. Le pasó los pulgares por cada uno y un río de lava le recorrió el cuerpo. Estaba empezando a sentir un anhelo placentero e incontenible.

También sentía al anhelo de él en el abdomen. Lo acarició ahí y él dejó escapar unas maldiciones inofensivas. Era como terciopelo ardiente en su mano y lo complació como él la había complacido a ella, estimulada por sus gruñidos y sus gemidos.

Los ojos de Adam tenían un brillo casi peligroso. Resopló entre dientes y fue como una advertencia para que parara. Entonces, la agarró de la cintura y la levantó lo justo. Volvió a bajar para introducírselo y dos gemidos se le escaparon de los labios.

—Maravilloso… —murmuró Adam.

Lo era. Estaba llena de él y fue más maravilloso todavía cuando empezó a moverse con las manos en su cintura para dirigirla, para ayudarle a encontrar el ritmo que mejor les venía a los dos. Él se movía con ella a una velocidad creciente que ninguno de los dos podría aguantar mucho tiempo. La agarró de las caderas y se incorporó un poco para que lo rodeara con las piernas. Se quedaron así un rato, mirándose a los ojos mientras la llevaba cada vez más lejos. La besó en los pechos, en el cuello y en la barbilla. Cuando llegó a los labios, él cayó sobre las almohadas, la arrastró consigo y se arqueó para acometer dentro de ella si dejar de mirarla a los ojos.

—¿Estás ahí? —le preguntó él.

Mia asintió con la cabeza y él descargó toda la potencia de su cuerpo entrando más en ella. Gimió con unos gritos apagados. Era tan maravilloso que estaba casi estupefacta y silenciosa.

Adam ascendió con ella. Estaba pagando el esfuerzo, pero era incesante. Ella explotó y esa vez sí abrió la boca para gritar de placer. Él también dejó escapar unos sonidos que parecían proceder del cavernícola que llevaba dentro. Resopló y gruñó hasta que ella cayó encima de él en un éxtasis inerte.

Adam Chase le había dado la mejor noche de toda su vida amorosa, y con mucha diferencia.

***

Mia se levantó de la cama de Adam y pasó de puntillas junto a la mesilla, donde quedaban dos envoltorios de preservativos. Le dolían todas las partes del cuerpo, pero eso no era lo peor: había hecho el amor con el padre de Rose tres veces en una noche. Después de la primera, el bebé se había despertado y ella había ido a verlo. Adam la había seguido de cerca. Al parecer, tenía el sueño ligero desde que Rose había llegado allí. Él había calentado el biberón mientras ella le cambiaba los pañales. Se habían ocupado juntos del bebé en el cuarto en penumbra. Cuando Rose se quedó dormida otra vez, Mia se la entregó a Adam para que la dejara en la cuna.

Habían estado tan bien que no había querido que terminara. Adam no había bajado el ritmo y ella lo había seguido caricia a caricia y beso a beso. Después del tercer asalto, la había abrazado con cariño y le había susurrado palabras preciosas sobre su belleza, pero no le había pedido que se quedara a pasar la noche con él.

Por eso, cuando se había quedado dormido, ella había vuelto a su cuarto.

La puerta chirrió ligeramente al abrirse y Adam asomó la cabeza. Se miraron a los ojos y la puerta se abrió del todo. Adam apareció y la miró a la luz del amanecer con un gesto de censura.

–Me voy a nadar. Mary no llegará hasta dentro de tres horas.

–De acuerdo. Estaré atenta a Rose.

Él miró con los ojos entrecerrados la sábana con la que se tapaba hasta el cuello. Era ridículo hacer eso después de lo que habían hecho la noche anterior. Adam no demostraba los sentimientos. Su cara estaba inexpresiva incluso en ese momento, después de una noche apasionada, tenía una mirada indescifrable salvo por ese brillo de censura que no se le escapaba.

–¿Te encuentras bien?

Había pasado una noche tórrida con el hombre más guapo de la playa y solo pudo asentir con la cabeza y contestar que sí. Él parpadeó y se quedó unos segundos inmóvil hasta que cerró la puerta.

Mia se dio de cabezazos contra las almohadas. ¿Podía saberse qué pasaba? Maldito fuese. ¿Por qué era tan retraído? No se abría a nadie y ¿por qué iba a abrirse a ella? Que la noche anterior hubieran satisfecho sus necesidades elementales no significaba que él fuese a sincerarse con ella.

Adam se quedó en el borde del porche y miró hacia la orilla, donde Mia y el bebé jugaban a algo. El bebé sonreía y la brisa le llevaba la jovial voz de Mia mientras escapaba de las olas que rompían a sus pies. Él bebía café de una taza humeante. ¿Cómo se le había complicado tanto la vida?

Esa mañana se había despertado temprano y había visto que Mia no estaba en su cama. Había querido despertarse oliendo el dulce aroma de su maravilloso cuerpo y viendo su pelo extendido por la almohada. Había querido besarle sus delicados hombros y desearle buenos días con un susurro.

Cuando vio que no estaba en su cama, le había preocupado si no habría sido un error haberse acostado con la tía de su hija. Dejando a un lado el deseo carnal, no quería estropear las cosas entre ellos. Mia estaría presente en la vida de Rose para siempre.

—Toma, Adam, llévaselo a Mia.

Le dejaron algo en la mano que le quedaba libre. No había oído a Mary que se acercaba por detrás y miró la cesta de mimbre que le colgaba de la mano.

—¿Qué es?

—El desayuno de Mia. Yogur, granola, tostadas y zumo. No ha comido nada esta mañana. También hay otras cosas por si quieres algo.

Él volvió a mirar a Mia. Se había sentado en una manta debajo de una sombrilla de colores con el bebé en brazos.

Bajó a la playa y se agachó cuando llegó a la manta y dejó la cesta al lado de Mia.

—Toma. El desayuno, cortesía de Mary.

Mia se giró hacia él con las gafas de sol puestas, pero se las quitó y miró la cesta.

—Es muy amable por su parte —entonces, lo miró con unos ojos tan verdes como el césped por la mañana—. Le daré las gracias cuando vuelva.

Rose lo miró con el labio inferior tembloroso y su llanto volvió a desgarrarle el corazón. ¿Qué tenía que pasar para que Rose lo aceptara?

Él se sentó lo más alejado que pudo de su hija,

quizá también debiera mantener las distancias con Mia... aunque ya era un poco tarde. Él miró las olas. El silencio de ella le ponía nervioso. ¿Había hecho algo mal? Aparte de lo evidente, de haber hecho el amor con la mujer con la que no tenía derecho a hacer el amor.

Mia tenía el pelo recogido en una coleta que le llegaba hasta la mitad de la espalda. Llevaba pantalones negros y una camiseta blanca muy bonita con una corona rosa de purpurina en el pecho. Estaba muy apetecible con cualquier cosa que se pusiera.

—Anoche no te quedaste conmigo —comentó él por fin, después de haberle estado dándole vueltas en la cabeza durante toda la mañana—. ¿Por qué?

—No me lo pediste.

Él estuvo a punto de quedarse boquiabierto.

—Supuse que sabrías que me gustaría despertarme contigo.

—Adam —ella suspiró—, ¿de verdad vamos a tener esta conversación?

—Bueno, claro, deberíamos hablar, ¿no?

—No sé para qué.

—¿No sabes para qué? —preguntó él apretando los dientes.

—Es... raro, Adam. Nada más. Tú y yo después de lo que pasó entre mi hermana y tú... ¿Estás haciendo comparaciones? ¿Estuve a la altura?

Él parpadeó sin disimular la sorpresa.

—Mia, lo que hay entre tú y yo no tiene nada que ver con eso. Bueno, solo indirectamente, porque si no hubiese nacido Rose, no te habría conocido. Lo hecho, hecho está, no puedo cambiar el pasado.

–No, Adam, no es eso.

–Entonces, ¿qué es?

Habían elevado la voz y Rose se puso roja con los labios temblorosos, el preludio del llanto. Mia se levantó y tomó al bebé en brazos.

–No pasa nada –intentó tranquilizar a Rose con la voz más baja–. Me voy adentro, el sol empieza a ser demasiado fuerte para el bebé.

Solo se colaban unos rayos de sol entre las nubes y no podían ser motivo suficiente para que se fuera adentro con el bebé. Él también se levantó.

–Espera un minuto, Mia. Tenemos que resolver esto.

–¿Es una orden?

Adam suspiró. Le espantaba que se hiciese la mártir. Si estaba desorientada, él también lo estaba, pero lo que había pasado la noche anterior, todo ello, era increíble.

–Es una petición. ¿Qué te pasa hoy?

–Tú, Adam. ¿Cómo te sientes cuando no te contestan las preguntas y cuando no sabes a qué atenerte? ¿Mal? Pues ya somos dos.

Se quedó estupefacto mientras la miraba alejarse. ¿Podía saberse qué quería de él? Además, ¿sería capaz de dárselo cuando lo adivinara?

–No puedo creerme que mi hijo no me dijera nada sobre esta pequeña en cuanto supo que era padre –le dijo Alena Chase a Mia.

Mia estaba sentada en el sofá, al lado de la madre de Adam, con Rose en las rodillas. La celebración del cumpleaños de Alena estaba prevista para las seis y Adam había recogido antes a su madre para darle la noticia. En ese momento, no estaba allí, estaba hablando con Mary y los empleados del cáterin.

Alena tenía una voz muy agradable que indicaba su origen sureño. Sus ojos eran de un gris azulado y muy parecidos a los de Adam. Además, llevaba el tupido pelo blanco ondulado justo por debajo de la barbilla con un estilo muy juvenil. Tenía el cutis muy terso para una mujer de su edad y solo se arrugaba cuando sonreía, que era muchas veces. Resplandecía con Rose.

—A Adam le ha costado asimilarlo —le explicó Mia. Si defendía a Adam, solo era porque no quería que se sintiese dolida—. Creo que quería darte una sorpresa por tu cumpleaños —añadió Mia.

Alena tomó la manita de Rose y la agitó un poco antes de acariciarla una y otra vez.

—Es una sorpresa maravillosa. Ni siquiera puedo reprochárselo a Adam, estoy entusiasmada de haberme convertido en abuela hoy, es el mejor regalo del mundo. Ya tengo a toda mi familia el día de mi cumpleaños.

Brandon se sentó pegado a Mia y con el brazo por detrás de ella en el respaldo del sofá.

—Eso era lo que querías, ¿no, mamá?

Ella asintió con la cabeza sin dejar de mirar a Rose.

—Sí, es justo lo que quería.

Alena no la había juzgado ni le había hecho un montón de preguntas. Ella se preguntaba qué historia le habría contado Adam cuando la recogió esa mañana. Adam, el gran comunicador. Había decidido mantener las distancias con él durante esa semana. Estaba enamorándose de él, y eso era encaminarse al desastre.

Adam entró en la habitación y todos se volvieron para mirarlo. Él vio la emocionante escena del sofá y se fijó en que el brazo de Brandon casi rodeaba los hombros de Mia. Apretó los dientes.

Se sentó enfrente de ellos, de espaldas al mar, y se dirigió a su madre.

—Todo está preparado para la fiesta de esta noche.

—Muy bien, hijo. Estoy deseando presentar a la pequeña a mis amigos.

—Les robará el corazón a todos —confirmó Adam.

—Se parece mucho a Lily a su edad —siguió su madre con los ojos velados.

Adam miró al frente y no dijo nada. Se limitó a tragar saliva visiblemente y Mia sintió una curiosidad máxima. La vida de Adam era un misterio absoluto para ella.

—Lo siento, Adam, ya sé que no te gusta hablar de Lily, pero es que me parece…

—Mamá, yo creo que se parece más a Adam —intervino Brandon mirándolos a los dos.

—La verdad es que tiene la nariz y la boca de su madre —comentó Mia en voz baja y mirando al bebé que tenía en brazos—. Se parece mucho a Anna.

Alena parpadeó y bajó la cabeza.

—Lo siento si estoy siendo insensible —parecía sinceramente arrepentida—. Estoy segura de que

Rose tiene muchos rasgos de tu hermana. Esa pobre chica que perdió la vida de esa manera... La echarás mucho de menos.

—Sí, todos los días. Estábamos muy unidas.

—Estoy tan entusiasmada con el bebé que no puedo pensar con claridad. ¿Puedes perdonarme?

—Sí, claro. Lo entiendo.

Mary entró en la habitación para comunicarles que serviría la comida en el porche. Era el momento indicado para escapar a la tensión que rodeaba a la familia de Adam. Al parecer, había muchas cosas sin aclarar entre ellos.

—Rose necesita dormir un poco y que le cambie los pañales antes de la fiesta. La subiré ahora. Bajaré luego y comeré algo.

Se escabulló al piso de arriba. Iba a ser un día importante para Rose y tenía que dormir un poco. Miró al bebé, que estaba chasqueando la lengua y buscando al biberón que ella se había olvidado abajo.

—Vaya, tu tía está atontada.

—¿Estás buscando esto? —Mia dio un respingo, se dio la vuelta y vio a Adam con el biberón levantado—. Está preparado, y tú no estás atontada. Aunque sí es posible que estés un poco ansiosa por alejarte de mi familia.

—¿Tan evidente ha sido? —preguntó ella un tanto abochornada.

Adam parecía cansado. Tenía una barba incipiente, los ojos somnolientos y el pelo algo despeinado. A Mia le bulló la sangre.

—Solo para mí.

–No se trata de tu familia, Adam. Soy yo. Me siento… fuera de lugar. No sé nada de ellos y tampoco sé lo que les has contado de mí.

–Solo saben de ti lo que tienen que saber, y todas son cosas buenas.

–¿No le has contado toda la verdad?

–Mia, ¿lo dices en serio? –él esbozó una sonrisa muy inusitada–. ¿Crees que quiero que sepan cómo te conocí de verdad? ¿De qué serviría?

–Entonces, no saben cómo…

–No. Solo saben que te costó averiguar quién era yo y que cuando me encontraste, me dijiste inmediatamente que tenía una hija. Eso es todo lo que tienen que saber.

–De acuerdo, pero hice lo que hice solo porque…

–Sé tus motivos, Mia –le interrumpió él–. No hace falta que les des más vueltas.

Adam dejó el biberón junto al cambiador y miró a Rose. Mia le había quitado el pañal y estaba limpiándole el trasero. Adam tomó un pañal nuevo y lo abrió con un brillo de amor en los ojos. Ella levantó un poco las piernas del bebé y él metió el pañal por debajo del sonrosado trasero.

–Estamos empezando a ser un equipo muy coordinado –comentó Adam–. Al menos, es lo que me gustaría pensar.

Mia terminó de ponerle el pañal y se sentó en el balancín. El bebé agarró el biberón inmediatamente y empezó a succionar la tetina. Adam se sentó en el suelo, al lado del balancín, y la observó mientras le daba el biberón. Se había convertido en un ritual que él esperara hasta que se quedara dormida y pudiera tomarla en brazos para dejarla en la cuna.

Unos minutos después, el biberón se vació y al bebé se le cerraron los ojos. Mia le hizo un gesto para que la ayudara y sintió una oleada de emoción por la mano que le puso en el hombro. Hacía días que no la tocaba y ella había esperado no inmutarse. Había conseguido mantener las distancias con él, pero su cuerpo reaccionaba como no lo había hecho con ningún hombre. Se mordió los labios y suspiró.

—Toma.

Le pasó a Rose con mucho cuidado y salió del cuarto.

Mia estaba mirando el mar por la ventana de su cuarto cuando oyó que llamaban a la puerta. Se dio la vuelta y vio a Adam.

—¿Tienes un minuto?

—¿Está dormida…? —preguntó ella.

—Está dormida como un ángel.

—¿No deberías ir a comer con tu familia?

—Bajaré dentro de unos minutos. Mi madre no se cansa de estar con Brandon.

Una vez más, lo dijo sin sarcasmo, pero las palabras que había elegido Adam eran muy elocuentes.

—Entra.

Él se acercó y se quedó a su lado en silencio, mirando también las olas que rompían en la orilla.

—¿Qué pasa, Adam? —le preguntó ella al cabo de unos segundos.

Él suspiró y la miró.

–Tú, Mia. Haces todo lo posible para evitarme.

–No voy a negarlo.

Él arqueó las cejas como si no hubiese esperado esa franqueza.

–¿Por qué?

–Somos incompatibles.

–Mentirosa. Somos muy compatibles. ¿Te has olvidado de aquella noche maravillosa que pasamos juntos? Yo no consigo olvidarla, y tampoco oí que te quejaras…

–Me refiero a fuera del dormitorio –le aclaró ella sonrojándose–. Adam, eres un ermitaño. No solo te escondes en casa, tampoco te relacionas con la gente. Te cierras en ti mismo y no das nada, y yo ya tengo bastantes problemas de confianza con los hombres. Como verás, es imposible. Además, tenemos que pensar en Rose.

–Dejemos a Rose al margen. ¿Qué quieres decir con problemas de confianza?

–Hay algo que te devora por dentro y no me dices qué es.

–No sé de qué estás hablando –replicó él con los ojos como platos.

–De acuerdo, Adam, si quieres seguir así, no hay mucho de qué hablar. Ahora, si no te importa, tengo algo de trabajo antes de la fiesta de esta noche.

–Mia, no me rechaces.

Ella levantó la cabeza y lo miró, sacudiéndola como si deseara que las cosas fuesen distintas.

–Dime la verdad, Adam, habla conmigo.

–Te diré una verdad.

Él le tomó la cara entre las manos y le dio un beso abrasador en los labios antes de que ella supiera lo que estaba pasando. Mia dejó escapar un gemido gutural cuando la estrechó con fuerza contra su cuerpo sin dejar de besarla.

Entonces, de repente, dejó de besarla.

—Compatibles —dijo él casi sobre sus labios.

Adam casi había llegado a la puerta cuando se dio la vuelta y se dirigió a ella.

—Mia, por tu bien, mantente alejada de mi hermano, solo da problemas.

Capítulo Nueve

El que solo daba problemas era encantador, le ofreció una bebida y bromeó con ella durante la fiesta mientras Adam se quedaba alejado, observándolo todo con un pie apoyado en la pared del porche. El que solo daba problemas no daba el más mínimo problema y parecía deseoso de llegar a conocer a su sobrina. Dejaba un rato a Mia y a Rose para hacer caso a alguno de los invitados de su madre y luego volvía para decirle algo ingenioso a Rose. A ella no le interesaba Brandon, aparte de cómo tío de Rose, y, hasta ese momento, había resultado ser bastante amable.

—No puedo creerme que sea mi nieta —comentó Alena acunando al bebé con la pericia que solo puede tener una madre.

A Rose parecía gustarle y no había dicho ni pío desde que estaba en brazos de su abuela. Algunas de la amigas de Alena la rodeaban y miraban con cariño a la abuela y su nieta. Era un cumpleaños celestial para Alena.

—Es muy afortunada por tenerte —comentó Mia.

—Gracias —a Alena se le empañaron los ojos—. Espero verla a menudo, he rezado por algo así.

—Creo que a Rose le gustará pasar tiempo contigo, Alena.

Rose, como si quisiera llevar la contraria, empezó a quejarse.

—Tranquila… —Alena se cambió de posición y la acunó con más fuerza, pero Rose empezó a llorar cada vez más—. Vaya, creo que necesita a la tía Mia.

Alena le entregó el bebé justo cuando se oyó un murmullo de los otros veinticinco invitados a la fiesta. Mia se dio la vuelta para que ver qué pasaba. Dylan McKay, la estrella de cine más famosa de la década, estaba entrando con una joven del brazo. Sonrió amigablemente a todo el mundo, se dirigió directamente hacia Alena y le tomó las manos.

—Feliz cumpleaños, Alena —le felicitó Dylan antes de darle un beso en la mejilla.

—Dylan, me alegro mucho de que hayas venido —se lo agradeció Alena, que no cabía en sí de gozo.

—No me lo habría perdido. Te presento a Brooke, mi hermana pequeña.

—Hola, encantada de conocerte —le saludó Brooke.

Era muy atractiva.

—Lo mismo digo. Gracias a los dos por haber venido.

—Creo que hay alguien más… —Dylan se giró hacia ella—. Hola, Mia. Ya nos conocemos.

Sus increíbles ojos azules se clavaron en ella y estuvo a punto de desmayarse.

—Sí, es verdad. Hola, Dylan. Encantada de conocerte, Brooke.

—Y ese bebé maravilloso es mi nieta Rose —intervino Alena mirando con devoción a la niña.

Mia ya había tratado con famosos porque First

Clips tenía una clientela muy exclusiva, pero nunca había estado con alguien de la talla de Dylan McKay.

Por fin, Adam dejó la pared del fondo y se acercó al grupo.

—Dylan, Brooke, bienvenidos —les saludó con amabilidad.

Dylan hizo un gesto con la cabeza sin dejar de mirar a Rose.

Es preciosa, Adam. Enhorabuena.

Los dos hombres se estrecharon la mano.

—Gracias, ¿puedo ofreceros algo de beber?

—Claro, te acompañaré —contestó Dylan—. Brooke, no te importa quedarte aquí, ¿verdad?

—Claro que no —contestó su hermana—. Ya sabes que me encantan los bebés. ¿Te importa si me quedo contigo, Mia?

—Me encantaría —contestó Mia.

—Perfecto. Volveré dentro de un rato.

—Entonces, resulta que eres padre —comentó Dylan antes de dar un sorbo de vodka.

Se apartaron un poco de la barra.

—Eso parece. Fue una sorpresa, pero estoy acostumbrándome a la idea.

Dylan miró hacia el grupo que rodeaba a Mia y al bebé.

—El bebé ha llegado con una niñera muy guapa… ¿O no te habías dado cuenta?

Dylan esbozó esa sonrisa deslumbrante que le proporcionaba millones de dólares.

—Me he dado cuenta, pero no dejes volar la imaginación. Mia no es su niñera, es la tía de Rose y está vedada.

—Qué posesivo…

Adam se encogió de hombros. No iba a explicárselo a Dylan. Él sacaba sus propias conclusiones y solía dar en el clavo.

—No soy posesivo, solo velo por el bienestar de mi hija.

—Ya, ya lo veo. Está viviendo contigo, ¿no?

—¿Rose? Sí, es mi hija.

—Me refería a la tía Mia.

—Es una solución provisional. Ahora, cambia de tema, Dylan.

—De acuerdo, pero antes déjame que te diga que me alegro mucho por ti. Es posible que no sea una situación perfecta, pero ese bebé te traerá un mundo de alegría.

Dylan quería encontrar una mujer con la que sentar cabeza y formar una familia. Había salido con un montón de mujeres, pero no había encontrado a la indicada. Le encantaban los niños y quería tener unos cuantos. Había que pagar un precio muy elevado por la fama y nunca sabía de quién podía fiarse, quién era digno de confianza.

—Tu madre parece contenta, Adam.

—Ha recibido exactamente lo que quería. Brandon y yo hemos limado nuestras diferencias y el bebé es la guinda de su pastel.

—Bueno, los bebés suelen ablandar a las personas. Entonces, ¿has perdonado a Brandon?

Una noche, con una botella de Chivas de cincuenta años, le contó a Dylan lo que había pasado con Jacqueline y su hermano. Era la única persona que sabía la historia y, al parecer, a Dylan también lo habían abandonado una vez, antes de que fuese famoso, y eso le había dejado una marca imborrable.

—En general, sí.

Miró hacia la fogata, donde estaban Brandon y Mia, y sus risas le llegaron a los oídos. ¿Qué les parecía tan gracioso siempre? Apretó la mano que le quedaba libre y dio un sorbo de vodka. Dylan también miró hacia donde había mirado él.

—¿Estás seguro? En este momento, te pareces mucho al marido celoso de mi última película

Adam lo miró con el ceño fruncido.

—¡Oye, no mates al mensajero! Mira, si estás interesado por ella, deberías hacer algo. Es la ideal…

—¿Puede saberse cómo lo sabes?

—Adam, sé interpretar a las personas. Además, si no lo fuera, no le confiarías a tu hija ni parecería que quieres estrangular a tu hermano en este momento.

—Cierra el pico.

—Sabes que tengo razón.

—¿No ibas a cambiar de tema?

—De acuerdo. ¿Vas a ir a la boda de Zane la semana que viene?

Zane Williams, la superestrella del country, había sido su otro vecino en Moonlight Beach hasta que se había enamorado de Jessica Holcomb, la hermana de su difunta esposa, y había vuelto a Texas con ella.

—Sí, voy a ir. ¿Y tú?

–Me fastidia mucho, pero no voy a poder. Tengo rodaje en el norte la semana que viene.

–¿Vas a llevarte a Brooke?

Dylan miró a su hermanastra, quien estaba jugando con la pequeña Rose.

–No, Brooke está demasiado ocupada con su nuevo negocio y esta semana va a mudarse a su piso nuevo. Le está yendo muy bien.

–La cena está preparada, señor Chase –les interrumpió el chef–. ¿Quiere anunciarla usted o lo hago yo?

–Hazlo tú, Pierre, y gracias.

Adam y Dylan se acercaron a la fogata, donde Rose miraba fascinada las brasas resplandecientes. Adam sintió una punzada como si viera la vida a través de sus ojos limpios y puros.

–Mamá, la cena está preparada. El chef ha hecho todos tus platos favoritos.

–¿Mia y Rose se sentarán a nuestra mesa?

–Sí.

–¿Y Brandon también?

–Claro, mamá. Esta noche estamos en familia.

Mia levantó la cabeza y lo miró a los ojos con una mirada más delicada. Adam le guiñó un ojo. Ella ladeó la cabeza y esbozó una sonrisa preciosa que le envolvió el corazón.

–La fiesta estuvo muy bien –le comentó Mia a Sherry el lunes mientras abrían First Clips. A la madre de Adam se le cae la baba con Rose y dijo que había sido el mejor cumpleaños de su vida.

–Puedo imaginármelo. Tuvo que emocionarse al enterarse de que tenía una nieta adorable, pero ¿no te dolió verla con el bebé?

–La verdad es que no –contestó Mia después de pensarlo un segundo–. Aunque creí que sí me dolería. Mi abuela es la única abuela que había conocido Rose y me preocupó que pudiera parecerme raro y… no sé, una especie de deslealtad. Sin embargo, no pasó eso ni mucho menos. Alena es cariñosa. Se quedó el fin de semana y llegamos a conocernos un poco. Amplié y enmarqué una foto que le sacaron a Rose poco después de nacer y se la regalé por su cumpleaños. Alena lloró y me dijo que la agradecía muchísimo. Se ha ido esta mañana y deberías haberla visto cuando se despidió de Rose. Le dio un beso conmovedor.

–Entonces, ¿el arquitecto macizo y tú ya estáis otra vez solos en esa mansión?

–En teoría, sí, pero no es así, Sherry.

–De acuerdo, si tú lo dices… ¿Te había dicho la envidia que me da que estuvieras de fiesta con Dylan McKay? Estás mezclándote con la realeza de Hollywood.

–Unas diez veces esta mañana.

–Mia… Si no te quisiera tanto, te odiaría.

–Gracias…

Cortaron el pelo y acicalaron a cinco niños y siete niñas que se fueron con grandes sonrisas en las caras. Hacía las once y media, le rugió el estómago a Mia. Fue a la salita con la bolsa de pañales y vio que Rena y Sherry estaban mirando a un hombre por el escaparate.

–Se dirige hacia aquí –comentó Rena–. ¿Qué te parece? Es un diez.

–Un diez y medio –le corrigió Sherry.

–Supongo que no estáis hablando sobre tallas de zapatos –intervino Mia mientras intentaba sacar el biberón de la bolsa.

–Ese hombre es impresionante.

Le pudo la curiosidad y fue hasta el escaparate con sus amigas. Siguió la dirección de sus miradas y... la rebosante bolsa de los pañales se le cayó de las manos.

–Ese es Adam –añadió Mia mientras tragaba saliva.

–¡Ese es Adam! –gritó Sherry–. Ahora sí que te odio, Mia.

–Yo también –añadió Rena.

¿Podía saberse qué hacía allí? Adam estaba concentrado buscando el cartel de la peluquería y no vio a las tres babeando en el escaparate. Entonces, agarró el picaporte de la puerta de entrada y se oyó la melodía de *La guerra de las galaxias* mientras entraba. Las tres se quedaron esperando embobadas.

–Hola –saludó él mirando primero a las chicas.

Mia tuvo que reconocer que sus vestimentas de princesa y capitán de nave estelar eran un poco chocantes.

–Hola –le saludaron las tres al unísono.

–Adam, ¿qué haces aquí? –le preguntó Mia dando un paso al frente.

Él se encogió de hombros, pero el traje beis de un millón de dólares que llevaba puesto volvió a quedar en su sitio.

–He venido a ver tu negocio.

Rena se aclaró la garganta ruidosamente y Mia captó la indirecta.

–Adam, voy a presentarte a mis amigas. Ellas llevan la peluquería conmigo. Adam Chase, te presentó a Rena y Sherry.

Les estrechó la mano con una ligera sacudida.

–Encantado de conoceros. Mia me ha contado muchas cosas buenas de vosotras.

–Lo mismo digo –replicó Sherry–. Quiero decir, Mia está hablando todo el rato de ti.

Mia se mordió el labio inferior. Adam la miró y ella miró hacia otro lado.

–¿Dónde está Rose?

–Está en la salita. Está dormida –contestó Rena–. Nos turnamos con esa preciosidad. Sherry y yo somos sus tías honorarias.

–Sí, ya sé que está en buenas manos –Adam se dirigió a Mia–. Si tienes un minuto, me gustaría hablar contigo.

–Claro… Acompáñame. Podemos hablar en la salita de atrás y así verás a Rose.

Le enseñó la peluquería y se quedaron en la salita donde Rose estaba dormida.

–¿A qué has venido?

–He venido a ver el sitio donde mi hija pasa mucho tiempo y he venido a invitarte a almorzar.

–¿Qué estás intentando?

–No ser tan retraído.

***

143

Se sentaron, uno enfrente del otro, en un restaurante a tres manzanas de la peluquería. El bebé disfrutó en el corto paseo en el cochecito y en ese momento estaba sentada en su asiento al lado de Mia, mirando alrededor con curiosidad.

Él se sentó y miró a su hija con cariño antes de hablar.

—Me gusta tu peluquería. Me costaba imaginármela, pero ya puedo ver a los niños sentados en esas sillas mientras les cortan el pelo.

—Aun así, tenemos nuestras complicaciones. Llegan algunos niños asustados o muy cabezotas y no conseguimos sentarlos por nada del mundo.

—Es una idea muy buena. Un planteamiento muy especial para una peluquería. ¿Fue idea tuya?

—No, no tengo tanta imaginación. Fue de Anna. Ella fue el cerebro del First Clips.

Adam asintió con la cabeza y luego dudó. Apretó los labios y los arrugó como si tuviese algo que decir, pero se quedó callado.

—¿Qué pasa? —le preguntó Mia.

—Tu hermana… Siento que muriera, Mia.

—Gracias.

Llegó la camarera para tomar el pedido. Mia pidió ensalada de gambas y Adam, salmón a la parrilla.

—Estoy deseando que Rose me deje darle de comer.

—El pediatra me ha dicho es posible que pronto empiece a comer con cuchara.

—Me gustaría ir contigo a la próxima cita con el pediatra. ¿Cuándo es?

–La semana que viene. Iba a pedirte que nos acompañaras si no estabas muy ocupado.

–Nunca estaré demasiado ocupado para Rose.

Cuando llegó la comida, Mia consiguió comer un poco de ensalada antes de que el bebé empezara a gemir y a retorcerse en la silla.

–Ya distingo los llantos. Ese es de hambre claramente –Adam sacó el biberón de la bolsa, lo agitó un poco y se lo pasó a Mia–. Ojalá me dejara ayudarte más.

Mia sacó al bebé de la silla. Rose ya sujetaba sola el biberón y Mia la dio de comer con una mano mientras comía con la otra.

–Te manejas muy bien, Mia –comentó Adam sin disimular la admiración–. Puedes hacer muchas cosas a la vez, como una profesional.

–Gracias. ¿Estás haciéndome la pelota por algún motivo?

Él masticó pensativamente un trozo de salmón.

–¿Solo porque te halago?

–Efectivamente.

–Me has pillado, pero te halagaría aunque no tuviera que pedirte algo.

–Entonces, ¿he acertado?

–Sí –él apoyó los brazos en la mesa y se inclinó hacia delante–. Quiero llevaros, al bebé y a ti, a pasar un fin de semana fuera. Voy a una boda y quiero que vengáis conmigo.

Eso significaba que quería estar con Rose y que ella iba en el lote.

–Es en un pueblo de Texas. Saldremos el viernes por la mañana y volveremos el domingo por

145

la tarde. Es un poco repentino, pero espero que aceptes.

–No lo sé, Adam… –Mia empezó a sacudir la cabeza–. Podría ser complicado ir con Rose en un avión. Debería consultarlo con su médico. ¿No sería más fácil para ti que fueses sin nosotras?

–Voy a fletar uno de los aviones de mi hermano. Tendremos todo el espacio y las comodidades que queramos. El viaje no dura ni cuatro horas, Mia. Además, no quiero echar a perder lo poco que he progresado con Rose. La verdad es que no quiero pasar ni un minuto sin ella.

Era una situación peliaguda. Ella estaba casi a su merced. Si él quería llevarse a su hija, ella siempre tendría que ir detrás.

–Será divertido y cambiaremos de aires. La boda va a celebrarse en un granero de él.

–¿De quién?

–Zane Williams.

–¿Zane Williams la superestrella del country? –preguntó Mia con un chillido.

Él asintió con la cabeza y parpadeó por el grito de ella.

–Zane es muy normal –Adam se rio–. Es un tipo estupendo y quiere conocer a mi hija, Mia. Quiero que me acompañes, no se trata solo del bebé.

–Dame un poco de tiempo para pensarlo.

–De acuerdo.

Aunque ya sabía qué iba a contestarle sobre el fin de semana, ya no podía negarle nada a Adam Chase.

Capítulo Diez

El viaje en avión fue tan cómodo como Adam había dicho que sería. Rose durmió casi todo el tiempo en su silla y Mia y Adam jugaron con ella el resto del viaje.

–Háblame de Zane y de su novia –le pidió Mia a Adam en voz baja. Rose estaba dormida otra vez en la limusina–. Me contaste que Zane alquiló la casa al lado de la tuya y que os hicisteis amigos, pero no sé nada más –añadió ella.

–¿No has leído nada sobre el asunto? Se filtró la noticia de que Zane se había enamorado de la hermana de su difunta esposa. Se enamoraron cuando Jessica fue a Moonlight Beach para cicatrizar las heridas porque la habían dejado tirada en el altar. Jessica es encantadora y te caerá bien. Han mantenido en secreto los planes de boda. Zane divulgó el rumor de que iban a casarse en verano en la playa donde se conocieron. Con un poco de suerte, esta boda en la granja no llamará mucho la atención.

–Espero que no. Se merecen una ceremonia privada.

Él sonrió con un brillo en los ojos. Esa sonrisa tan poco frecuente la alteraba por dentro. Le acarició la barbilla con un dedo y se miraron mientras él le rodeaba los hombros con un brazo.

–Me alegro de que estés aquí conmigo, Mia.

–Yo también –reconoció ella tomando aire.

Él bajó la cabeza y la besó. Fue un beso largo y delicado, muy distinto a los otros besos que le había dado.

–El trayecto en coche es bastante largo. ¿Por qué no cierras los ojos y descansas un poco?

Era justo lo que necesitaba. El viaje en avión y los preparativos la habían agotado.

–Me gusta la idea.

La rodeó con los brazos para que apoyara la cabeza en su pecho. Tenía un olor viril que le encantaba y los latidos de su corazón, un poco acelerados, la tranquilizaron mientras se quedaba dormida.

Abrió los ojos como impulsados por un resorte al notar un beso en la frente.

–Despierta, cariño.

–¿He dormido todo el camino?

–Rose y tú sois muy dormilonas.

Ella miró a Rose, que seguía en la silla y empezaba a abrir los ojos. Se pasó los dedos por el pelo para intentar adecentarse un poco.

El conductor abrió la puerta y Adam desató a su hija de la silla. Se la entregó a Mia antes de que empezara a quejarse y tendió una mano para ayudarlas a bajarse.

Beckon no era un destino para casi nadie, pero Zane Williams le había dado cierta fama y él era el orgullo del pueblo.

–No puedo prometerte que sea un hotel de cinco estrellas –le susurró él al oído mientras subían en el ascensor–, pero me aseguraron que es un sitio decente.

–Yo soy feliz con unas sábanas limpias y una buena bañera.

–¿Eso es todo lo que necesitas para ser feliz?

–Bueno... –Adam mostraba un desenfado últimamente que la tenía en ascuas–. ¿Qué te hace feliz a ti?

–Lo que te haga feliz a ti, Mia.

Si quería seducirla, estaba a punto de conseguirlo. Le gustaba ese nuevo Adam. Era dulce y cautivador. Aunque la alteraba un poco. Su giro repentino parecía demasiado bueno para ser verdad.

Se bajaron del ascensor y Adam le abrió la puerta de la suite.

–Caray, no está mal –comentó ella–. Pero solo hay un dormitorio.

La suite era amplia, tenía una televisión de plasma en la pared y dos sofás muy bonitos enfrente de la chimenea. Una puerta doble se abría a un dormitorio grande y al cuarto de baño principal.

–Rose y tú dormiréis en el dormitorio. Yo dormiré aquí. Estoy seguro de que los sofás se convierten en camas.

Se miraron a los ojos y ella notó la calidez en las mejillas.

–Estás muy guapa cuando te sonrojas –comentó Adam.

A ella se le hundieron los hombros. Era inútil intentar eludir el asunto.

–Ya sé que hemos dormido juntos, Adam, pero

tenemos que tener cuidado para no cometer un error, por el bien de Rose.

–Estoy de acuerdo.

–¿De verdad? Me alegro.

Esperaba haber sido clara. Adam no tenía ni idea de lo que le costaría acostarse esa noche sabiendo que él estaba a unos pasos. No era tan inmune a él como fingía, sobre todo, últimamente.

–¿Qué vamos a hacer hoy? –preguntó ella.

–Primero, nos instalaremos y descansaremos un poco. Luego, esta noche, hay una barbacoa de bienvenida en la granja. Zane está construyéndole una casa a Jessica, así que será en la finca de él, pero prepárate para que todo sea un poco… rústico.

–¿No habrás proyectado tú la casa por casualidad?

–Es mi regalo de boda. Zane quería algunas cosas concretas y yo le he ayudado a organizarlas.

–Será fantástica, una casa de ensueño.

–Eso espero.

–Si la has proyectado tú, lo será.

La expresión de Adam se suavizó y la miró con cariño.

–Gracias.

El equipaje llegó a la puerta y pasaron los veinte minutos siguientes deshaciéndolo y colocando las cosas del bebé.

Hacia las seis, ya estaban en la finca de Zane, una extensión de terreno enorme con álamos y praderas.

La invitación a la fiesta decía que la etiqueta era muy informal y ella llevaba un vestido estampado de algodón y unas botas de cuero. Adam le dijo que parecía una chica de campo. Él también parecía un cowboy. Llevaba pantalones tejanos, un cinturón con hebilla grande, botas y una camisa negra con cierres blancos.

–¿Preparada?

Mia asintió con la cabeza y él le puso una mano en la espalda mientras se dirigían hacia la fiesta. Mia empujaba el cochecito, que pasó a manos de Adam cuando el terreno se hizo más abrupto. Vieron unos bancos corridos con mesas que tenían velas y floreros con flores silvestres. El olor a madera flotaba en el ambiente y les despertaba el apetito. Más allá de los bancos, el humo brotaba de tres parrillas enormes.

–¿Qué tal? –les saludó una voz que ella reconoció.

Tenía tres discos de Zane Williams, como mínimo, y supo que era él quien se acercaba de la mano de una rubia muy guapa.

–Adam, me alegro de que hayas podido venir, y enhorabuena por ser padre.

Los hombres se estrecharon la mano y la mujer le dio un beso en la mejilla a Adam.

–Enhorabuena también de mi parte, vecino, y también me alegro de que hayáis podido venir a la boda.

–Yo también me alegro, Jess. Estás muy guapa y pareces muy feliz –le dijo Adam.

–Nunca he podido darte gato por liebre, Adam –ella guiñó un ojo–. ¿Quiénes son estas mujeres impresionantes?

151

Adam les presentó y Mia no pudo dar crédito a sus ojos cuando Zane Williams le dio un cariñoso abrazo y las gracias por haber ido.

–Encantado de conocerte y enhorabuena. Es la pequeña Rose, ¿verdad?

–Sí, se llama como mi madre –les explicó a la pareja.

–Un nombre muy bonito –Zane se agachó para verla mejor–. Adam, tiene tus ojos. Es preciosa.

–¿Tú eres la tía del bebé? –le preguntó Jessica con delicadeza.

–Sí, soy la tía Mia.

No quería dar más detalles porque no sabía lo que les había contado Adam, pero estaba segura de que no era gran cosa.

–Bueno, espero que os lo paséis muy bien –intervino Zane–. Hemos invitado a la familia y a los amigos más íntimos. Os iremos presentando a todos antes de que empecemos a comer.

–Me parece muy bien –concedió Adam.

Mia arqueó las cejas. Debía de haber unas cincuenta personas. Eran pocas para una boda, pero ¿Adam iría saludando a todas de una en una o se quedaría entre las sombras como hacía siempre?

–¿Quieres sentarte? –le preguntó Adam cuando Zane y Jessica ya se habían ido–. Creo que podemos elegir el sitio que queramos.

–Le verdad es que me gustaría dar una vuelta… si no te importa empujar el cochecito.

–Ni lo más mínimo.

Se alejaron de la fiesta por un terreno llano y Rose no paró de farfullar en su cochecito.

–No sabía que se llamaba igual que tu madre –siguió él–. Eso hace que me pregunte todo lo que no sé sobre ti, y no me digas que ya somos dos.

Mia contuvo la respiración. En algún momento, había querido contarle toda su vida y sus secretos más íntimos, pero ¿lo conocía bien? Hasta ese momento, los hombres le habían decepcionado. Quedaría devastada si Adam le hacía daño.

–Bueno, la verdad es que somos infinidad.

–Muy graciosa, Mia.

Sin embargo, Adam estaba sonriendo y no insistió.

Pasearon en silencio y volvieron a tiempo para conocer a las familias y amigos de Zane y Jessica. Adam se quedó a su lado todo el rato y fue muy cordial con todo el mundo.

Luego, se sentaron y comieron la mejor barbacoa que Mia había comido en toda su vida. Las costillas estaban para morirse. La mazorca ahumada con mantequilla de miel era una locura. El pollo, las gambas y la carne estaban muy tiernos y sabrosos.

Zane y Jess se sentaron con ellos después de la comida. Mia estaba maravillada por lo que se querían. Los ojos de Zane resplandecían cuando miraba a su prometida y hablaba de la casa donde iban a vivir y de los hijos que esperaba tener algún día. El corazón le dio un vuelco. Era maravilloso ver a dos personas bendecidas por el amor. Su madre no había conocido eso y su historial con el sexo contrario tampoco era así de envidiable. Había conocido a demasiados hombres como su padre, a bichos raros, mentirosos o fracasados.

Adam le tomó la mano por debajo de la mesa y entrelazó los dedos con los de ella. Miró su perfil mientras charlaba con Zane y le acariciaba distraídamente la mano con el pulgar. Unas sensaciones indescriptibles se adueñaron de ella. Después de haber discutido, de haber hecho el amor desenfrenadamente y de haber pasado el tiempo con Rose, de haberse besado a la luz de la luna y de haberse tomado la mano por debajo de la mesa, se había enamorado total y absolutamente de Adam Chase.

Lo amaba y no podía hacer nada al respecto.

Se había resistido, había intentado disuadirse y mantener la distancia, pero no había servido de nada. Estaba a punto de darle lo que no le había dado a ningún otro hombre, su confianza plena.

—Bueno, ha llegado el momento de que os torture con alguna canción —estaba diciendo Zane—. Tenemos una fogata encendida. Poneos alrededor y traed también al bebé, le cantaré una nana.

Adam la ayudó a levantarse y le dio un beso en la mejilla.

—¿Por qué ha sido eso…? —le preguntó ella.

—Porque sí —contestó él apretándole la mano.

¿Era posible que estuviese sintiendo lo mismo que ella? ¿Le estaba afectando estar al aire libre bajo las estrellas y con todo el mundo hablando de amor y matrimonio?

Adam dejó al bebé dormido en la cama. A Mia le encantaba cómo trataba a Rose, con confianza y cariño a la vez. Los dos, de pie, la miraron mientras respiraba apaciblemente. Adam volvió a tomarle la mano y sus dedos se entrelazaron con naturalidad. Podría quedarse así toda la vida; en la quietud de la noche, con el hombre que amaba y ese bebé tan dulce.

La noche había sido perfecta y no quería que terminara.

—Vamos a beber algo —miró un segundo más a su hija y llevó a Mia a la sala—. Siéntate, prepararé una copa.

Mia, sin embargo, se acercó a él y le puso una mano en el brazo.

—Adam, no quiero beber nada.

—¿No…? —le preguntó él arqueando las cejas.

—No —contestó ella mirándole a los ojos.

Él bajó los párpados y le rodeó la cintura.

—¿Qué quieres, cariño?

Mia se puso de puntillas y lo besó en los labios. La estrechó contra sí, profundizó el beso, dejó escapar unos gruñidos que le salían del pecho y le transmitió que la deseaba tanto como ella a él.

Se quitaron la ropa entre besos y cayeron en el sofá. Las manos de Adam le despertaban unas sensaciones abrasadoras que la llevaban al borde del éxtasis. Cerró los labios para sofocar los gritos y los suspiros. Adam era un experto en sacar lo mejor de ella y no lo decepcionó cuando le hizo lo mismo a él. Las caricias dejaron paso a maniobras más atrevidas y lo complació de todas las maneras que sabía. Le entregó todo, no se guardó nada.

Hacer el amor en un sofá despertó la parte más creativa de Adam. La colocaba en unas posiciones que hacían que le bullera la sangre y que anhelara más. Estaba feliz, tan feliz que no quería pensar en cómo iba a acabar eso, solo quería pensar en cosas positivas mientras se elevaba cada vez más. Las poderosas acometidas de Adam la acercaban a la plenitud… hasta que su nombre se le escapó de los labios una y otra vez y el cuerpo se le hizo mil pedazos.

Adam no tardó mucho. La abrazó con la cara a unos centímetros de la de ella, con los ojos clavados en los de ella, embistió una última vez y explotó, provocándoles un placer deslumbrante.

Cayó encima de Mia, que le acarició el pelo húmedo mientras la besaba en la boca con más delicadeza y cariño que antes.

–¿Estás bien, corazón? –murmuró él.

–Mmm…

Estaba vibrando por dentro, se sentía maravillosamente, repleta de amor.

Adam la abrazó para que no se cayera del sofá. Era un espacio muy pequeño, pero no lo cambiaría por ningún otro.

–Mia, estamos muy bien juntos.

Él la besó en la frente. No podía decirse que fuese una declaración de amor, pero si era lo máximo que podía ofrecerle, lo aceptaría encantada.

–Sí, es verdad.

–Voy a preparar el sofá cama, Mia. Quiero que te quedes conmigo esta noche, ¿te quedarás?

–Me quedaré.

–Perfecto –Adam la apartó y la besó sonoramente en los labios–. Vete a ver qué tal está Rose. Solo tardaré un minuto.

Se puso la camisa de Adam y salió de la habitación. Rose seguía apaciblemente dormida.

Cuando volvió a la habitación, la cama estaba hecha y Adam estaba esperándola. Dio unas palmadas a su lado y ella se metió en la cama. Adam le rodeó los hombros con un brazo y ella se acurrucó contra él, tapándose con la sábana.

—¿Mejor? —preguntó él.

—Mucho mejor. Rose sigue dormida.

—Hacía mucho tiempo que no era tan feliz —comentó Adam dándole un beso en la frente.

—¿Desde cuándo?

Él se quedó un rato en silencio. ¿Acaso había estado pensando en voz alta? ¿Se arrepentía de haberle confesado eso y ella se había extralimitado otra vez al intentar sacarle información? Adam suspiró y ella contuvo la respiración. Entonces, habló.

—Una vez estuve a punto de comprometerme. Creí que éramos una pareja perfecta. Se llamaba Jacqueline.

—¿Qué pasó…? —preguntó ella con un susurro.

—Me dejó. Me destrozó el corazón. Yo creía que estábamos perdidamente enamorados, pero resultó que me había equivocado. Fue como un puñetazo inesperado en la boca del estómago.

—Lo siento mucho, Adam.

—La cosa no acaba ahí. La llamé un mes después. Era tarde y no podía dormir. Había estado dándole vueltas a todo y llegué a creer que ella tendría dudas sobre la ruptura. Todavía puedo recordar cómo me quedé cuando oí la voz de mi hermano. No lo entendí durante unos segundos, creí que me había equivocado al marcar el número. Cuando caí en la cuenta, la cabeza casi me explotó. Naturalmente, Brandon dio todo tipo de excusas, pero no negó que estuviese con Jacqueline.

—Adam… ¿De verdad? ¿Brandon y Jacqueline estaban juntos? Es la traición máxima.

—Eso creí. No volví a hablar con Brandon hasta que rompieron, tres años después. Él la engañó, ella se enteró y lo dejó.

—¡Caray! Eso es lo que tienes contra él. Ya lo entiendo. Debiste de haberla amado mucho.

—Fue hace años, Mia. La he olvidado y Brandon es como es. Mi madre ha estado persiguiéndome durante años para que arregle las cosas. En cierto sentido, yo tengo la culpa de que todo esto pasara. Ella cree que Brandon no fue a por Jacqueline hasta después de que rompiera conmigo. No puedo reprochárselo, mi madre quiere que estemos tan unidos como lo estuvimos.

—Evidentemente, lo que pasó no es culpa tuya —replicó Mia—, pero has perdonado a tu hermano, ¿no?

—Hay diferencia entre perdonar y olvidar. No le guardo rencor, pero tampoco me olvido de quién es Brandon.

—¿Por eso me previniste contra él?

Mia le puso una mano en el pecho y lo acarició para aliviarle el dolor. Él le tomó la mano y se la llevó a los labios para darle un beso. Por fin habían conectado, por fin estaban progresando.

—Si se acercara a ti, no sé lo que haría.

Una oleada de calidez fue adueñándose de todo su cuerpo.

—No tienes que preocuparte, solo me interesa uno de los Chase.

Mia le dio un beso en el hombro y Adam la miró a los ojos.

—Me alegro —Adam resopló como si se hubiese quitado un peso de encima—. Me siento como si me hubiesen dado una segunda oportunidad.

—Adam, ¿a qué te refieres con una segunda oportunidad? ¿Estás hablando de Lily?

Él cerró los ojos como si el dolor fuese excesivo.

—Sí, pero no puedo hablar de Lily en este momento, no puedo hablar de mi hermana.

—De acuerdo, no hace falta que me lo cuentes.

Adam estaba intentándolo y eso era todo lo que ella podía pedirle.

El viejo granero estaba decorado con flores silvestres, lirios y rosas blancas que daban color a los fardos de paja. Cientos de velas iluminaban el interior y unos faroles marcaban cada fila de sillas cubiertas con telas de satén blanco y unos grandes lazos.

—Está precioso —comentó Mia.

Se sentó al lado de él en la última fila como precaución por si el bebé empezaba a molestar y tenía que escabullirse.

—Tú sí que estás preciosa —susurró él.

Los ojos color jade de ella dejaron escapar un destello y él le guiñó un ojo. Mia llevaba un vestido rosa impresionante que se plegaba con delicadeza en la cintura, resaltaba sus sexys caderas y caía hasta las rodillas. Tenía el pelo suelto y ondulado y su piel resplandecía. Rose estaba sonriente en ese momento y los ojos le brillaban mientras observaba las velas y las flores que la rodeaban.

Adam tuvo la sensación de paz. Ese momento no podía ser más perfecto. Tomó la mano de Mia y se la puso encima de la rodilla.

Unos violines empezaron a sonar y todo el mundo se sentó en sus asientos. Zane apareció con un esmoquin y el sombrero de cowboy que le caracterizaba. Él nunca le había visto tan feliz. La orquesta empezó a interpretar una versión clásica de la *Marcha nupcial*.

Se oyó un murmullo. Jessica se puso en marcha y todas las miradas se dirigieron hacia ella. Las sillas crujieron cuando todo el mundo se levantó.

Jessica era una novia guapísima vestida de satén color marfil con encaje por todos lados.

Jessica recorrió el pasillo sonriente y con el ramo de lirios y gardenias en las manos temblorosas. Todo el mundo se sentó cuando llegó adonde la esperaba Zane.

El oficiante pronunció un sermón muy bonito sobre las segundas oportunidades, algo que le sonó conocido a Adam mientras volvía a tomar la mano de Mia. Le había gustado despertarse con ella esa mañana, casi tanto como le había gustado acostarse con ella la noche anterior. Además, había conseguido transmitirle algo sobre su vida. Le había contado cosas sobre Brandon y Jacqueline que no le había contado a ningún ser viviente. Le había hablado de su desengaño, de la traición que lo había incapacitado para el amor.

Se había olvidado de Jacqueline hacía mucho tiempo, pero Lily seguía muy presente.

Zane y Jessica se intercambiaron los votos matrimoniales y mencionaron a Janie Holcomb Williams, la mujer a la que los dos habían amado más, y habían perdido. Adam no había conocido a la primera esposa de Zane, pero sí sabía que su muerte había sido desgarradora para los dos, para Jessica y para Zane. Fue un momento conmovedor y hasta Mia derramó un par de lágrimas.

El oficiante preguntó si había alguien que tuviera algún motivo para que la pareja no pudiera unirse en sagrado matrimonio y Rose abrió la boca como si aquello hubiese ido dirigido a ella. Dejó escapar un eructo tan sonoro que pareció imposible que hubiese salido de una persona tan pequeña. Todos los asistentes se rieron. El oficiante hizo aseguró que eso no contaba y siguió con la ceremonia.

Después de la boda, el granero se convirtió en un salón. El grupo country de Zane sustituyó a la orquesta y se montó una pista de baile. Se pasaron unos aperitivos y también se montó una barra. Todo iba como la seda.

Mia había sacado al bebé del cochecito y se movía al ritmo de la música. Rose hacía esos ruiditos de felicidad que a él le estremecían el corazón. Rodeó a las dos con los brazos y se movió hacia delante y atrás. Parecía que su quisquillosa hijita lo toleraba siempre que Mia estuviese presente.

—Vaya, es una imagen digna de ser vista.

Adam se dio la vuelta y vio al sonriente novio.

—Hola, amigo, y enhorabuena —le dio la mano y

una palmada en la espalda–. Ha sido una ceremonia preciosa.

–Gracias. Ya lo hemos hecho… Jess es una novia muy guapa, ¿verdad?

–Verdad –intervino Mia para darle un abrazo–. Enhorabuena. Para mí es un honor que me hayáis invitado.

–Bueno, esa pequeña y tú ya formáis parte de la vida de Adam –Zane sonrió y jugó con los dedos de los pies de Rose–. Incluso ha participado en la ceremonia.

–Lo siento –Mia lo miró compungida.

–De verdad, no nos importó –intervino Zane.

–Ni lo más mínimo –añadió Jessica mientras tomaba la mano de Zane–. Fue precisamente lo que necesitaba la ceremonia, un poco de ligereza.

La aparición de Jessica conllevó otra ronda de abrazos y enhorabuenas. Entonces, anunciaron que la cena estaba preparada.

El teléfono de Adam vibró en plena comida. Lo sacó del bolsillo y frunció el ceño cuando vio el nombre. Era su hermano.

–Discúlpame, pero tengo que contestar esta llamada. ¿Te importa?

–En absoluto.

Salió del granero y fue hacia el solar en construcción para alejarse de la música y las conversaciones.

–Brandon, soy Adam. Estoy en una boda en Texas. ¿Qué pasa?

–Adam, tienes que venir a casa ahora mismo. Mamá ha sufrido un ataque al corazón.

Capítulo Once

Adam tomó la mano lánguida de su madre y la miró a los ojos. Estaba en la cama del hospital conectada a una vía de suero y una mascarilla de oxígeno, pero, aun así, consiguió sonreír.

—Hola, mamá.

—Adam, has venido —le saludó ella con un hilo de voz.

—Claro que he venido.

Él le apretó la mano.

—Me alegro mucho de que estéis los dos —comentó su madre mirando a Brandon.

—Cómo no íbamos a estar —replicó Brandon.

—Siento haberos preocupado. No sé qué pasó. Estaba tan tranquila de compras con Ginny cuando, de repente, se me doblaron las piernas.

—Mamá, has tenido una angina de pecho. Tu vida no corre peligro, pero ya tienes que cuidarte, comer mejor y mantener una dieta. Seguramente, también te pondrán alguna medicación.

—Van a tenerme aquí durante unos días.

—En observación. Todavía tienen que hacerte más pruebas, quieren tenerte controlada —le explicó Brandon—. Me parece una buena idea.

—A mí también —añadió Adam.

Se sentía muy aliviado de que no fuese más grave porque no estaba preparado para despedirse de su madre.

—Estaba comprando unas cosas para Rose —los ojos de ella se empañaron de lágrimas—. Quiero verla crecer, Adam, quiero estar cerca…

—Lo estarás, mamá —su madre no había visto crecer a Lily, no había criado a su propia hija—. Verás a Rose todo lo que quieras, yo me ocuparé, mamá, me ocuparé de que no le pase nada a mi hija.

Se le quebró la voz. El cansancio, la preocupación y el arrepentimiento hicieron que dijera cosas que siempre había querido decir, cosas que se había guardado durante años.

—No te defraudaré como hice con Lily —añadió Adam.

—No… No es verdad… No pienses eso. No te culpo y nunca te he culpado. Además, desde antes de que Brandon me contara la verdad…

—Brandon, ¿qué le has contado?

—La verdad, Adam —Brandon apretó los dientes, pero los ojos se le suavizaron—. Le he contado que me protegiste durante la tormenta, que querías salir del refugio para tornados para buscar a Lily y que te mentí, que te dije que Lily estaba con mamá. Estaba muy asustado y no quería que me dejaras solo. Eras mi hermano mayor y te necesitaba para que me protegieras.

Brandon bajó la cabeza y Adam intentó asimilarlo. Pasaron los segundos y le daba vueltas a la cabeza para encontrar respuestas.

—¿Por qué ahora? —le preguntó a Brandon.

—Porque creía que estaba muriéndome, Adam.

Él miró a su madre y parpadeó. Tenía una expresión firme y parecía más viva que cuando entró en esa habitación.

—Había estado agobiándote durante años, ¿verdad Brandon? Y hoy creíste que podía morirme antes de que pudieras confesarme la verdad.

—Mamá, no vas a morirte —replicó Brandon.

—Que Dios te oiga —ella dejó escapar un suspiro que retumbó en la habitación y cerró los ojos—. La verdad es que yo he estado culpándome durante todos estos años. No debería haber dejado a Lily sola con vosotros —siguió ella en un tono de arrepentimiento—. Ella solo tenía seis años. Tú tenías doce, Adam, y Brandon, ocho. Yo sabía que vivíamos en una zona de tornados. Iba a ser un viaje corto al supermercado, pero debería haberme llevado a Lily. Ella no era responsabilidad vuestra, era responsabilidad mía. Soy más culpable que nadie. Solo me alegro de que cuando el tornado pasó por nuestras tierras, vosotros no moristeis con ella. Adam, refugiaste a tu hermano y lo mantuviste ahí, si no, es posible que hubieseis muerto los tres.

—Le dije a Adam que había visto que Lily se iba en el coche contigo para que no me dejara solo —confesó Brandon entre lágrimas—. Mentí y Lily murió.

—Eras muy pequeño, Brandon —le tranquilizó su madre—. Entiendo lo asustado que tenías que estar. ¿Alguna vez has pensado que ese día podríais haber perdido la vida los dos?

—No, mamá, no lo he pensado nunca, pero me he odiado mí mismo desde entonces —contestó Brandon con la voz a punto de quebrarse.

Adam tomó aire para dominar las emociones. No podía desmoronarse en ese momento, no podía mostrar su vulnerabilidad aunque las cicatrices le abrasaban por dentro. No había sabido que Brandon se sentía culpable por la muerte de Lily. No lo habían hablado nunca y se había culpado a sí mismo por no haberse dado cuenta de que Brandon le había contado una mentira, por no haberse dado cuenta de que su hermano pequeño había estado tan asustado que no había querido que fuese a buscar a Lily. Era el mayor y el responsable cuando no estaba su madre. Debería haber comprobado cómo estaba su hermana independientemente de lo que le hubiese dicho Brandon. Él también había tenido mucho miedo, los ruidos afuera eran aterradores.

—Lo siento, Adam.

Brandon estaba congestionado e intentaba contener las lágrimas. Era un arrepentimiento sincero. Jamás había creído que oiría eso dicho por Brandon, pero ya lo había oído dos veces en unas semanas.

—He permitido que cargaras con eso durante todos estos años. Creo que deterioré voluntariamente mi relación con Jacqueline porque sabía que no me la merecía y porque te hacía daño. He sido un cobarde en todo.

Adam tragó saliva.

—Sé que me has despreciado y no puedo reprochártelo, Adam , pero te pido perdón por todo lo que he hecho y te ha hecho daño.

—No te desprecio, Brandon.

166

–Siempre estabais peleándoos –intervino su madre–, pero sabía, como sé ahora, que os queréis. Estrechaos la mano de una vez por todas. El pasado nos ha hecho daño a todos, pero ha llegado el momento de pasar página.

Se miraron y el arrepentimiento y la esperanza que Adam vio en los ojos de Brandon hizo que le tendiera la mano. Brandon se la estrechó.

–Eres una buena persona, Adam. Siempre lo has sido.

El asintió con la cabeza porque tenía un nudo en la garganta y no podía hablar.

Entonces, entró la enfermera.

–Lo siento, pero es que tiene otra visita –dijo la enfermera a su madre–, pero me temo que solo puedo permitir dos visitas a la vez. Uno de ustedes tendrá que salir.

Mia estaba en la puerta con un florero lleno de flores primaverales. Adam la miró. Era como una luz resplandeciente y maravillosa que se abría paso entre la oscuridad de su pasado.

–Saldré yo para que los tres podáis estar juntos –se ofreció Brandon, que fue hasta la puerta y le dio un beso en la mejilla a Mia–. Gracias por venir.

–No quiero interrumpir –le dijo ella a Adam sin moverse de la puerta.

Entonces, él lo supo. Quería que ella estuviese allí, necesitaba su apoyo.

–Entra, por favor.

–Sí –añadió su madre–. Me alegro de verte, cariño.

–Estaba preocupada por ti, Alena.

Mia entró y Adam tomó las flores.

–Son unas flores preciosas –comentó su madre–. Gracias. Siento haber interrumpido el plan que tenías con mi hijo para este fin de semana. Me siento fatal.

–No pienses en eso. Tu salud es importante para nosotros y tienes que ponerte mejor –Mia le tomó la mano–. ¿Qué tal estás?

–Mejor. Tengo que quedarme un par de días para que me supervisen, pero luego me iré a casa.

–¡Es una noticia fantástica! –exclamó Mia con un brillo de esperanza en los ojos.

–¿Dónde está Rose?

–Mi abuela Tess va a cuidarla unas horas.

–Qué bien. Espero que también me la dejes algún día.

–Claro.

–Siéntate y cuéntame el viaje. ¿Qué tal se portó Rose en la boda?

Mia se sentó en el borde de la cama.

Adam y ella se miraron un momento a los ojos con complicidad.

–Se portó bien, menos en un momento durante la ceremonia…

Al día siguiente, Mia entró con Rose en su silla en un brazo y una carpeta de First Clips debajo del otro. Cada día estaban más unidos y ella tenía la sensación de que Rose estaba encariñándose con él.

Iba a subir a su cuarto cuando vio que una joven estaba hablando con Mary desde el sofá de la sala. Dejó la carpeta en la mesa de la entrada, desató a Rose y la tomó en brazos.

–Vamos a ver qué pasa –le dijo al bebé dándole un beso en la frente.

La niña balbució y a ella se le derritió el corazón. Dominada por la curiosidad, entró en la sala con toda naturalidad.

–Hola, Mary, ya estamos en casa.

La joven se levantó del sofá inmediatamente y se dio la vuelta hacia ella. La animosa rubia miró al bebé con una sonrisa de oreja a oreja.

–Esta debe de ser la pequeña Rose…

Mia miró la expresión avergonzada de Mary y el miedo le atenazó las entrañas.

–Hola, Mia.

Mia esperó y miró fijamente a esa mujer, que no podía tener más de veintidós años.

–Mia D'Angelo, te presento a Lucille Bridges –les presentó Mary–. Aspirante a niñera…

–Esta tarde tengo una cita con Adam Chase –añadió la mujer.

¿Niñera? ¿Adam había llamado a una agencia de niñeras? La sangre le hirvió en las venas. La chica no dejaba de mirar a Rose y ella la abrazó con más fuerza mientras retrocedía.

–Estaba explicándole a la señorita Bridges que Adam no está en casa. Ha debido de olvidarse de la cita. Lo he llamado, pero no ha contestado el teléfono.

–Está en el hospital visitando a su madre –Mia miró a la chica con cautela–. Estoy segura de que tardará un buen rato.

—No pasa nada, lo entiendo. Le he dejado mis referencias a Mary. Llevo tres años en la agencia y tengo unas referencias impecables. ¿Podría saludar al bebé ya que estoy aquí?

A Mia se le crisparon los nervios y miró a Mary.

—Bueno, creo que tía Mia estaba a punto de dejar a Rose para que duerma un rato. Ya se le ha pasado la hora de la siesta, ¿verdad, Mia?

—Verdad —contestó Mia con rabia y sin poder creerse que Adam le hubiese hecho eso—. Rose se altera cuando está cansada.

—Ya sé cómo pueden ponerse los bebés. Ayudé a criar a cuatro hermanos.

Mia no pudo aguantar un segundo más. La traición y el engaño de Adam la revolvían las tripas.

—Mary te acompañara a la puerta. Yo tengo que subir con el bebé en este momento.

—Claro. Adiós, Rose. Encantada de conocerte, Mia.

Mia se dirigió hacia las escaleras sin contestar. No podía porque tenía la garganta cerrada, estaba paralizada.

Temblando, se quedó en la puerta de la cocina mientras miraba a Adam, que rebuscaba en la nevera.

—Le he dicho a Mary que se marchara antes —comentó ella.

Adam se dio la vuelta para mirarla.

—Buena idea. Ya veo que nos ha dejado la cena —Adam dejó dos fuentes tapadas en la encimera—.

Tenemos pollo con romero y zanahorias glaseadas –añadió después de levantar las tapas.

–Yo no voy a cenar… con-contigo.

La rabia no se había mitigado… ni el dolor tampoco.

Adam dejó de hacer lo que estaba haciendo y la miró.

–¿Por qué, corazón? –se acercó a ella–. Estás pálida como la cera, ¿te encuentras mal?

La rodeó con los brazos y, por un instante, ella lo disfrutó, cerró los ojos y se deleitó, hasta que le puso las dos manos en el pecho y empujó con todas sus fuerzas. Él se tambaleó y retrocedió.

–Sí, me encuentro mal, Adam, estoy harta de ti, de tus secretos, de tus mentiras y tus engaños. ¿Cuándo ibas a decirme que ibas a contratar una niñera para Rose? ¿Ibas a contratar a alguien para echarme a la calle? ¿Era ese tu plan?

Adam se puso rojo al instante.

–Mia, por favor, tranquilízate.

–No, Adam, ¡no voy a tranquilizarme! –gritó ella–. ¿Qué crees que sentí cuando llegué a casa y me encontré que una niñera rubia y tonta estaba esperándote sentada en el sofá?

–Mia… –él resopló con desesperación–. Pensaba haber hablado contigo del asunto, pero se me olvidó por al ataque al corazón de mi madre.

–¡Se te olvidó! Me parece que nunca te acordaste de mí. ¿Crees que no puedo ocuparme de Rose? ¿Me falta algo o el ermitaño que hay en ti ha decidido que estoy invadiendo tu intimidad? Me has tachado, ¿verdad?

–¡No! ¡Claro que no!

–¡No te creo! –replicó ella cruzándose de brazos.

–Mia, baja la voz. ¿Dónde está Rose?

–Arriba, dormida –Mia tomó el monitor que llevaba colgado del cinturón y se lo enseñó–. A pesar de lo que puedas pensar de mí, Rose nunca ha estado en peligro por mi culpa. Estoy observándola. También es mi bebé, Adam. No tenías derecho, ningún derecho, a hacer algo así a mis espaldas.

–¡Mia! –exclamó él con impaciencia–. Ya sé que Rose no ha estado nunca en peligro. Si me dejaras explicarte lo que estaba pensando...

–A mí me parece que no estabas pensando. Adam, esa niñera era una niña. Me da igual que tuviera magníficas referencias, no conoce a Rose como la conozco yo.

Adam fue a la inmensa barra de granito, tomó un vaso, lo llenó de vodka y se lo bebió de un sorbo. Luego, se sirvió un segundo vaso sin titubear.

–El alcohol no resuelve ningún problema, Adam.

Él se bebió el segundo vaso y se sirvió un tercero.

–No me eches sermones, Mia. No voy a conducir un coche y a matar a una pobre niña inocente.

Mia se quedó helada y se le esfumó la perorata que le daba vueltas por la cabeza para soltársela. No había podido oír bien.

–¿Qué?

Él se bebió el tercer vaso y apoyó los codos en la encimera.

–Nada.

–Has dicho algo –ella se acercó a él–. ¿Cómo sabes eso?

–¿El qué?

Adam no la miró. No lo había dicho por casualidad, Adam Chase no hacía nada por casualidad.

–Lo de mi padre.

Silencio.

–Adam, si me quieres lo más mínimo, dime ahora mismo por qué lo sabes.

Silencio otra vez.

Adam no la quería y era posible que no la hubiese querido nunca. Adam Chase se había acabado. Nunca se abriría a ella, nunca confiaría en ella. Le dio la espalda y empezó a alejarse. Ya estaba casi fuera de la cocina cuando la voz de él rompió el silencio.

–Te… investigué.

Ella se quedó boquiabierta y se dio la vuelta.

–¿Qué…?

Él también se dio la vuelta para mirarla. Tenía una expresión implacable, sin el arrepentimiento que ella había esperado.

–No sabía nada de ti, Mia, y no sabía si podía creerte cuando me contaste aquella historia sobre tu hermana y Rose. Después de todas las mentiras que me contaste la primera vez que nos conocimos, tenía que averiguar algo más sobre ti, tenía que saber quién iba a vivir en mi casa y a ayudarme a criar a mi hija.

–No te fiabas de que te dijera la verdad.

–No.

–Te la habría dicho algún día, Adam. Estaba esperando a que te abrieras a mí, pero ya veo que eso no pasará jamás –ella suspiró porque esa conversación estaba dejándole sin fuerzas–. Entonces, ¿lo sabes todo?

Él asintió con la cabeza.

La vergüenza se adueñó de ella. Volvía a ser la niña Burkel cuyo padre había atropellado a una adolescente, a una niña con toda una vida por delante. Estaba bebido y volvía a casa después de haber tenido un asunto escandaloso con una mujer casada. Todo el pueblo despreciaba a los Burkel. No podía ir a ninguna parte sin que la hostigaran o susurraran a su paso. Ir al colegio era igual de doloroso. Scarlett Brady, la víctima, había sido compañera suya de clase e hija de un policía muy querido. Cuando su madre decidió mudarse a casa de la abuela Tess, sus vecinos pusieron globos para celebrarlo. Sentía escalofríos al recordarlo.

–Ni siquiera me dijiste tu verdadero nombre, Mia. ¿Qué iba a pensar?

Ella se espantó solo de pensar que la había investigado como a una delincuente. Era muy propio de Adam. La desolación se adueñó de ella.

–Que a lo mejor no había tenido una vida privilegiada. Que a lo mejor mi familia lo había pasado muy mal y había pagado por lo que había hecho mi padre. Que a lo mejor yo cometo errores, no como tú.

–Yo cometo errores, Mia.

–Sí, es verdad. Este ha sido un error enorme,

***

Adam hizo una bola con la nota que Mia le había dejado esa mañana en la mesa de la cocina. Necesitaba pensar lejos de él. Se había llevado a Rose, pero lo llamaría a menudo para contarle cómo estaba. Pasaría los próximos días en la casa de su abuela Tess y podía ir a visitarla cuando quisiera.

Tiró la nota, aunque no la encestó en la papelera de su estudio, y se frotó las sienes. Tenía un dolor de cabeza que no remitía. ¿Cómo había llegado a pensar que podría trabajar algo? Era ridículo. Mia le había llamado dos veces para ponerle al día de Rose. Había desayunado bien. Había manchado el pañal. La había llevado a dar un paseo por los alrededores con su abuela…

–¿Cuándo vas a volver a casa? –le había preguntado él.

–No lo sé, Adam –había contestado ella con frialdad.

El tono distante de su voz le había preocupado. Sabía que cuando volviera a casa, todo sería distinto.

–Adam, ha venido Brandon –le comunicó Mary desde la puerta–. Está abajo.

–Ya iba siendo hora –Adam se levantó de la mesa–. Gracias, Mary.

Bajó las escaleras y se encontró a Brandon en la sala con un whisky en la mano. También le había preparado una copa de vodka para él.

–De modo que Mia se ha marchado… –comentó Brandon mientras le daba la copa.

La noche anterior se había bebido casi media botella y todavía le dolía la cabeza.

–Solo una –tomó la copa y asintió con la cabeza–. Sí, se ha marchado.

–Vamos a sentarnos afuera, Adam. Ha refrescado y te aclarará la cabeza.

–¿Es lo que necesito?

–Creo que sí, hermano –Brandon salió. La brisa se llevaba el calor del día y la puesta de sol proyectaba un resplandor de todos los colores en el mar–. Tengo que reconocer que me sorprendió recibir tu llamada.

Adam se encogió de hombros. A él también le sorprendía haber llamado a su hermano.

–A lo mejor deberíamos empezar a portarnos como hermanos.

–No tenías a quién llamar –replicó Brandon mientras se sentaba en una tumbona.

Adam se rio y también se sentó.

–De acuerdo, confieso.

No se sinceraba con nadie sobre asuntos personales. Le costaba confiar en su hermano, pero Rose y Mia eran muy importantes para él y, curiosamente, creía que Brandon podía ayudarle a resolver eso.

–Tú conoces a las mujeres, Brandon, y también me conoces a mí.

–Encantado de ayudarte, hermano. Adelante, cuéntame qué pasó con Mia.

–¿Todo?

–Todo. En relaciones sentimentales, he cometido tantos errores que se me da bastante bien rectificarlos.

Adam le contó cómo había conocido a Mia en

la playa, que Rose se alteraba con él y que había sido necesario que Mia fuese a vivir a su casa. Repasó las semanas pasada, hasta cierto punto.

—¿Te has acostado con ella? —le preguntó Brandon.

—¿Eso qué importa?

—Que lo preguntes ya significa que necesitas más ayuda de la que me imaginaba al principio.

—De acuerdo, sí. Maldita sea. Hemos estado juntos más de una vez. Eso es todo lo que necesitas saber. Además, creo que… sentía algo por mí.

—¿Sentía?

—Lo perdí con ella.

—Claro, es lo que puede pasar si buscas una niñera a sus espaldas…

—Ya te he explicado el motivo.

—A mí, pero no a ella.

—No he tenido la ocasión. Quería que se calmara para que pudiera explicárselo de una forma racional, pero se me escapó lo de su familia y tuve que decirle que la había investigado.

—La gota que colmó el vaso.

—Sí, pero lo hice por Rose —reconoció Adam en voz baja.

—Yo te creo, pero no va a resultarte fácil convencerle a Mia de tus intenciones. No te abres y ella lleva todo el tiempo diciéndote que eso es lo que quiere. ¿Por qué te reprimes? Es evidente que estás loco por ella.

—¿Lo es…?

—¿No lo estás?

Adam lo pensó un instante.

—Mia llegó con Rose y pienso en ellas como una unidad. Creo que no me había dado cuenta nunca. Son el mismo lote desde el principio.

—Adoras a Rose y a Mia. Son como un regalo para ti con el mismo lazo. Entonces, ¿qué es lo que te da miedo, Adam?

Adam volvió a frotarse las sienes. El dolor de cabeza se hizo más intenso por la verdad. El remordimiento y la inseguridad lo habían perseguido durante años, había blindado tanto su corazón que se había mantenido al margen de las relaciones sentimentales serias y el amor. Se había ocultado detrás del trabajo y la necesidad de privacidad.

—Mia tenía razón. Me he retraído mucho tiempo, no sé abrirme a nadie.

—Te has abierto a mí, Adam. Naturalmente, ha sido necesario que le pasase eso a mamá, pero creo que estás dispuesto a abrirte a Mia. Si no fuese importante para ti, no me habrías llamado, y no me cuentes que no sabías cómo recuperar a Rose sin hacer daño a Mia. Si quieres recuperar a Rose, solo tienes que llevártela. Tienes todos los derechos legales. Sin embargo, quieres algo más. No esperes a que sea demasiado tarde. El tiempo pasa. Persigue lo que quieres desde este momento. Dile a Mia lo que sientes, y date prisa.

—Me fastidia, pero tienes razón —reconoció Adam terminándose el vodka.

—Y a mí me fastidia, pero tienes a una mujer y una niña maravillosas esperándote —Brandon sonrió—. He tenido que vivir sabiendo que me habías salvado la vida y que no podía hacer nada para devolvértelo. Ahora, al menos, tengo la sensación de que es posible que haya ayudado a salvar la tuya.

–Así quedamos empatados –concedió Adam con una sonrisa.

–Primero recupera a tu hija y a tu mujer. Entonces, estaremos empatados.

El balancín del porche chirrió mientras Mia acunaba a Rose en sus brazos. Era un sonido leve y que ayudaba a que el bebé se quedara dormido. Esa casa fue su hogar cuando la abuela Tess los había acogido a todos, y había vuelto con la misma sensación de pérdida, con el dolor desgarrándola por dentro.

Al principio, Adam y ella habían hablado sobre sus obligaciones. En ese momento, no podía ni imaginarse la posibilidad de dejar a Rose en manos de otra persona... de una desconocida. Independientemente de lo que hubiese pasado entre Adam y ella, estaba dispuesta a perdonar y olvidar para poder vivir bajo el mismo techo que Adam y cuidar a su sobrina, si él lo permitía.

Si tenía que tragarse el orgullo, lo haría. Volvería a Moonlight Beach y se mantendría al margen de la vida de Adam lo mejor que pudiera. Si no hacía eso, ¿qué vida le esperaba a Rose? Tendría todas las cosas materiales que pudiera querer, pero ¿qué pasaría con el amor? ¿Qué pasaría si Adam no podía abrirse y amar a su propia hija? ¿Qué pasaría si se reprimía con su hija como se había reprimido con ella?

–No te preocupes, mi melocotón, tu tía Mia no te abandonará –le susurró a la niña.

Oyó el ronroneo de un motor que llegaba desde la calle y vio el Rolls Royce que aparcaba delante de la casa.

Adam se bajó del coche y sus miradas se encontraron. No le sorprendió verlo, sabía que no pasaría mucho tiempo sin ver a Rose, pero habían acordado que llamaría antes de presentarse. Adam había incumplido esa norma.

Rodeó el coche para acercarse y ella se fijó en que llevaba un ramo de rosas color lavanda. ¿Acaso creía que las flores iban a solucionar las cosas? Llegó al porche y puso un pie en el primer escalón.

–Hola, Mia.

Ella contuvo la respiración con el corazón desbocado.

–Adam…

Él miró a Rose con un brillo de amor en los ojos.

–¿Cuánto tiempo lleva dormida?

–Unos minutos.

–¿Está tu abuela Tess?

–Sí.

–Me gustaría conocerla.

–¿Ahora…?

–Sí, en este momento. Ya va siendo hora de que la conozca. No te levantes, no despiertes a Rose. Llamaré a la puerta y veré si la abre.

Adam era una caja de sorpresas… Fue hasta la puerta y llamó tres veces. La abuela Tess la abrió, lo saludó con cortesía y lo invitó a pasar.

–¿Qué es esto? –farfulló Mia.

Rose se revolvió y estiró los brazos y Mia volvió a empujar el balancín mientras intentaba por todos los medios oír lo que decían dentro de la casa, pero no pudo oír nada.

Poco después, Adam salió de la casa sin las flores.

–¿Te importa si me siento contigo?

Ella se encogió de hombros y él se sentó.

–Me gusta tu abuela. Es una mujer encantadora.

Hablaron en voz baja para no despertar al bebé.

–Tenías que haberme llamado para decirme que ibas a venir.

–No quería arriesgarme a que no me dejaras. Te he echado de menos, Mia.

–Echas de menos a Rose.

–Os echo de menos a las dos –él entrecerró los ojos como si estuviera eligiendo las palabras con mucho cuidado–. ¿Sabes lo que vi cuando aparqué delante de esta casa? Vi a mi familia. Rose, tú y yo somos una familia y ya no me asusta pensarlo, decirlo o sentirlo.

–Adam, no hace falta que finjas. Ya he decidido que volveré a Moonlight Beach, por el bien de Rose.

Adam sonrió con los ojos resplandecientes.

–Vaya, has decidido que puedes tolerarme, que harás el mayor de los sacrificios por Rose y vivirás conmigo.

–¿Por qué sonríes?

–Porque dices muchas tonterías, Mia.

¿Podía saberse qué le había dicho la abuela Tess?

—¿Cómo… dices…?

—Lo que oyes. Además, si me escuchas un minuto, te explicaré lo de la niñera.

—No te olvides de la investigación. Estoy deseando oír tu excusa.

—Muy bien. Te lo diré todo. Espero que eso compense haberte hecho daño porque, corazón, no quiero volver a hacerte daño por nada del mundo.

Estaba cautivándola. Hablaba con una sinceridad que hacía que se derritiera.

—Empieza por el principio, Adam, y no te dejes nada en el tintero.

Empezó a hablar de Lily, su hermana pequeña que lo admiraba y lo seguía como si fuera un cachorrillo perdido, que había confiado en él como nadie, y ella tuvo que morderse el labio inferior para que no se le saltaran las lágrimas. A él se le quebró la voz varias veces mientras contaba aquel día espantoso, cuando el tornado asoló su pueblo y se llevó a Lily con él. Le habló del dolor, del remordimiento y de la desolación. Le habló de sus relaciones con su madre y su hermano, de que había cargado con la culpa y de que eso se había interpuesto entre él y su familia. También le habló de Brandon, de que habían acabado limando sus diferencias, de que le había pedido consejo ese mismo día y de que lo necesitaba como no lo había necesitado nunca.

Mia estaba viendo un lado de Adam que no había visto nunca y podía entender y compartir el dolor, la pérdida y la desolación que habían padecido como familia.

—Me alegro de que me lo hayas contado.

—No quiero que haya secretos entre nosotros.

Adam puso el brazo sobre el respaldo del balancín y ella se sintió protegida aunque no estuviese tocándola.

—En cuanto a la niñera —siguió él—, solo era una idea para facilitarte la vida. He visto cuánto trabajas. Algunas veces pareces agotada cuando llegas a casa. Sé lo mucho que Rose significa para ti y lo haces sin quejarte, pero trabajas toda la jornada, te ocupas de Rose y de tu abuela y tienes que aguantarme. Es mucha responsabilidad. Tuve la idea de la niñera solo para que tuvieras un respaldo. Te aseguro que iba a decírtelo, pero empezamos a estar más unidos y no quería estropear lo que teníamos. Fue maravilloso estar con vosotras dos en Texas. Jamás había sido tan feliz, y te lo dije.

—Es verdad —reconoció ella.

—Entonces, mi madre se puso enferma y tuve que volver corriendo. Me olvidé de todo. Mia... —él le rodeó los hombros con el brazo—. Nadie podría reemplazarte.

Lo dijo en un tono tan profundo que ella tuvo que creerlo y una lágrima le rodó por la mejilla.

—Gracias.

—¿Te acuerdas de cómo nos conocimos? —siguió.

—Claro, me corté el pie y te manché de sangre.

—No fué para tanto —Adam se rio—, pero llegaste a Moonlight Beach para averiguar todo lo que pudieras sobre mí, ¿no? ¿Por qué lo hiciste?

—Ya te lo he dicho. No podía entregar a Rose a un desconocido, tenía que averiguar cómo eras.

–Exactamente. Ahora me arrepiento de haberte investigado, pero hace unas semanas, cuando lo único que sabía de ti eran las mentiras que me habías contado, yo necesitaba saber lo mismo. Ibas a vivir bajo mi techo y a ayudarme a criar a mi hija. Lo que hice no fue muy distinto a lo que hiciste tú. Lo único distinto fue la forma de hacerlo, pero los dos intentábamos proteger a esta pequeña, porque es muy valiosa para los dos.

–Adam, la diferencia que yo habría respondido sinceramente a todas tus preguntas y tú, en cambio, hacías todo lo que podías para eludir las mías.

–Es verdad. Ese era el viejo Adam. No me gusta hablar de mí mismo.

–Querrás decir que no te gusta que la gente llegue a conocerte.

–Tú ya me conoces, Mia. Sabes todo sobre mí y me alegro. Amarte me ha cambiado.

–¿Qué acabas de decir? –preguntó ella con un cosquilleo por dentro.

–Te amo, Mia –contestó Adam con una sonrisa–. Al principio creí que mis sentimientos iban dirigidos solo hacia Rose, pero Brandon me ayudó a ver lo que tenía delante. Estoy enamorado de ti, Mia. Rose y tú me habéis robado el corazón.

Adam se inclinó hacia delante y le rozó los labios con los suyos. Nunca le habían dado un beso tan delicado.

–Adam…

Derramó las lágrimas sin reparos. No podía creerse lo que estaba pasando. Se acercó a él y el siguiente beso que le dio fue mágico.

—Te amo, Adam Chase, aunque he intentado por todos los medios no amarte.

—Lo tomaré como un cumplido, corazón, y doy gracias a Dios de que me ames. Deben de ser mis conocimientos de primeros auxilios.

—Efectivamente —ella se rio—. Por eso te amo tanto que no puedo soportarlo casi —Rose dejó escapar un sonido de fastidio—. Adam, creo que el bebé necesita a su padre.

—Lo tomaré —ella le dejó a Rose en sus brazos y Adam la abrazó mientras miraba a Mia—. Tengo que decirte algo antes de que se despierte y se ponga a aullar. Le he pedido a tu abuela su bendición y me la ha dado. ¿Vendrías a Moonlight Beach y serías mi esposa? Rose, tú y yo ya somos una familia, pero quiero que sea oficial porque os amo con todo mi corazón. Estoy pidiéndote que te cases conmigo, Mia.

Ella lo agarró del brazo y miró sus preciosos ojos. Ya no tenía que reprimir su amor por él, dejaba que brotara de forma natural, y era liberador.

—Sí, Adam, me casaré contigo.

—Te prometo que será una vida fantástica, Mia. Quiero llevarte a Italia, pasaremos allí la luna de miel, los tres juntos.

—Siempre he soñado con eso.

—Lo sé, corazón, y quiero hacer realidad todos tus sueños.

Se miraron a los ojos con un cariño que la dominó por dentro. Amaba a ese hombre con locura. Sería un padre maravilloso y un marido cariñoso y atento.

–Vaya, vaya… –susurró Adam–. Me parece que la dormilona estás despertándose. ¿Quieres que te la devuelva?

–No, quédatela, corazón.

–De acuerdo, pero no va a gustarle.

Rose abrió los ojos, se inquietó un poco y miró alrededor. Separó los labios y esperaron que se quejara.

Unos sonidos preciosos llegaron a sus oídos. Balbució varias veces y subió una manita rechoncha para tocarle la cara a Adam. Él arqueó las cejas y arrugó la frente. Rose observó el atractivo rostro de su padre y mostró las encías con una sonrisa amplia y satisfecha.

–Creo que me la he ganado, Mia –comentó Adam con los ojos empañados de lágrimas.

–Adam Chase, solo tú podrías ganarte el corazón de dos mujeres en un día.

–Nuestra pequeña casamentera ha ayudado…

–Es muy lista, como su padre.

Adam la besó y el corazón se le hinchó. La pequeña Rose tenía algo que iba a conquistarlos, y ellos iban a dejarse, encantados de la vida.

No te pierdas *Una noche olvidada,*
de Charlene Sands,
el próximo libro de la serie
Bajo el influjo de la luna.
Aquí tienes un adelanto...

No era una chica de las que tenían aventuras de una noche.

Emma Rae Bloom era rutinaria, trabajadora y ambiciosa, todo menos aventurera. Era aburrida y nunca hacía nada que se saliera de lo predecible. Era comedida, fiable y paciente. Era doblemente aburrida. La única vez que rompió ese molde y lo hizo añicos fue hacía un mes, durante la desmadrada celebración del trigésimo cumpleaños de su vecino Eddie en el Havens de Sunset Boulevard. Se había desinhibido y había perdido la cabeza durante el tristemente célebre apagón de Los Ángeles y había acabado en la cama con el hermano de su mejor amiga, con el mismísimo Dylan McKay, el rompecorazones de Hollywood.

Se había enamorado perdidamente del hermano de Brooke cuando tenía doce años. Era mayor, tenía los ojos azules como el mar y una barba incipiente, la había tratado con consideración y le había dado una vara para medir a todos los hombres.

No iba a recuperar aquella noche que habían pasado juntos y, además, casi ni se acordaba del tiempo que había pasado con Dylan. También era mala suerte, tener su primera aventura de una noche con el hombre más impresionante de la tierra con una niebla en la cabeza tan espesa como la de un día de invierno en Londres. Al parecer un exceso de mojitos de mango podía conseguir eso.

En ese momento, estaba en la borda de babor del yate de Dylan. Él se acercaba a ella con la cabeza vendada y una expresión de tristeza y dolor en la cara. Era un día sombrío, pero los rayos de sol y las preciosas nubes de algodón parecían no saberlo. Se levantó más las gafas de sol para que no se le viera lo que sentía de verdad.

Roy Benjamin, el doble para escenas peligrosas, había tenido un accidente absurdo y había muerto en el plató de la película de marines que estaba rodando Dylan. La tragedia había trastornado a Hollywood y había tenido mucha difusión en la prensa, incluso, había eclipsado al apagón de la ciudad del día anterior. Lo que había trastornado al mundo del espectáculo y había llegado a los titulares no había sido solo la muerte de Roy, sino la amnesia de Dylan como fruto de la misma juerga que había acabado con la vida de su amigo.

—Toma, un refresco —Brooke llegó al lado de su hermano y le ofreció un vaso—. Te sentará bien.

—Gracias —Emma aceptó la bebida. No quería ver el alcohol ni en pintura—. Es un día doloroso para todos —añadió antes de dar un sorbo.

Dylan, entre Brooke y ella, les rodeó los hombros con los brazos.

—Me alegro de que estéis aquí conmigo.

Los nervios atenazaron a Emma. No había visto a Dylan desde el apagón. El protector brazo que le rodeaba los hombros no debería despertar ninguna de las sensaciones que estaba sintiendo. Suspiró.

Bianca

Una noche, una cama… ¡y un bebé!

EL REGALO DEL MILLONARIO

Sharon Kendrick

Cuando la choferesa Keira Ryan condujo accidentalmente el coche contra una pared de nieve, ella y su increíblemente atractivo pasajero se vieron obligados a encontrar un hotel… y descubrieron que tenían que compartir cama. Por suerte, el multimillonario Matteo Valenti se tomó como algo personal mostrarle a Keira cómo sacar el mejor partido a una mala situación. Y fue la experiencia más excitante de su vida.

Se acercaba de nuevo la Navidad cuando Matteo descubrió el secreto de Keira. Aunque se hubiera pasado la vida resistiéndose al compromiso, había llegado el momento de reclamar a su hijo y heredero.

¡YA EN TU PUNTO DE VENTA!

Acepte 2 de nuestras mejores novelas de amor GRATIS

¡Y reciba un regalo sorpresa!

Oferta especial de tiempo limitado

Rellene el cupón y envíelo a
Harlequin Reader Service®
3010 Walden Ave.
P.O. Box 1867
Buffalo, N.Y. 14240-1867

¡Sí! Por favor, envíenme 2 novelas de amor de Harlequin (1 Bianca® y 1 Deseo®) gratis, más el regalo sorpresa. Luego remítanme 4 novelas nuevas todos los meses, las cuales recibiré mucho antes de que aparezcan en librerías, y factúrenme al bajo precio de $3,24 cada una, más $0,25 por envío e impuesto de ventas, si corresponde*. Este es el precio total, y es un ahorro de casi el 20% sobre el precio de portada. ¡Una oferta excelente! Entiendo que el hecho de aceptar estos libros y el regalo no me obliga en forma alguna a la compra de libros adicionales. Y también que puedo devolver cualquier envío y cancelar en cualquier momento. Aún si decido no comprar ningún otro libro de Harlequin, los 2 libros gratis y el regalo sorpresa son míos para siempre.

416 LBN DU7N

Nombre y apellido	(Por favor, letra de molde)

Dirección	Apartamento No.

Ciudad	Estado	Zona postal

Esta oferta se limita a un pedido por hogar y no está disponible para los subscriptores actuales de Deseo® y Bianca®.
*Los términos y precios quedan sujetos a cambios sin aviso previo.
Impuestos de ventas aplican en N.Y.

SPN-03   ©2003 Harlequin Enterprises Limited

Bianca

**En deuda con el multimillonario...
y unida para siempre por su venganza**

EL CASTIGO DEL SICILIANO

Dani Collins

El perverso magnate siciliano Dante Gallo había despedido a Cami Fagan en venganza por el robo cometido por su padre. Lo que no esperaba era desearla tanto que no pudiera evitar seducirla. Dante enseguida descubrió lo deliciosamente inocente que era Cami. Pero lo que había empezado como una venganza iba a unirlos para siempre al descubrir las consecuencias de su inoportuna pasión.

¡YA EN TU PUNTO DE VENTA!

DESEO

Iban a trabajar muy juntos...

Engañando a don Perfecto

KAT CANTRELL

La reportera de investigación Laurel Dixon estaba decidida a destapar el fraude que sospechaba estaba produciéndose en la fundación benéfica LeBlanc Charities, aunque para ello tuviera que engañar al hombre que estaba al timón.

Trabajar en la fundación de modo encubierto le permitiría ser la mujer atrevida que siempre había querido ser. Sin embargo, Xavier LeBlanc no resultó ser como ella esperaba, y cuando acabara conociéndolo íntimamente, ¿preferiría hacer el reportaje de su vida o una vida con don Perfecto?

¡YA EN TU PUNTO DE VENTA!